망우당 곽재우

경상대학교 남명학연구소
남명학교양총서 21

망우당 곽재우

김해영 지음

景仁文化社

목 차

1. 출생과 성장 7

2. 용의 눈과 봉의 눈썹 13

3. 당태종교사전정론唐太宗敎射殿庭論 21

4. 홍의장군紅衣將軍 27

5. 의거義擧 43

6. 정암진 전투 55

7. 격서 사건 67

8. 인근 고을의 수복 79

9. 17 의장義將 91

10. 난중의 벼슬살이 111

11. 영암 유배 125

12. 벽곡찬송辟穀餐松 139

13. 광해조 151

14. 괴오기위魁梧奇偉한 선비 161

15. 문집과 전기의 간행 177

[부록] 연 보 191

출생과 성장

　곽재우의 자는 계수季綏, 호는 망우당忘憂堂이며 본관은 현풍이다. 그는 조선 명종 7년(1552) 음력 8월 28일 경상도 의령현 세간리(지금의 의령군 유곡면 세간리)에서 아버지 곽월郭越과 어머니 진주 강姜씨의 셋째 아들로 태어났다. 그가 태어난 의령 세간리는 어머니 강씨의 친정 곳으로, 강씨의 친정은 세간리에 많은 농장을 가진 부호였다. 당시의 혼인 풍속에 따라 부친이 결혼과 함께 원래 살던 현풍 솔례촌을 떠나 처가 동네로 옮겨와 살았기에 그는 이곳에서 태어나 자랐다.

　의령 세간리는 망우당이 태어나 자라면서 공부한 곳일 뿐만 아니라 뒷날 그가 임진왜란 최초로 의병을 일으킨 곳이기도 하다. 이 유서 깊은 마을에는 아직도 망우당이 처음 의병을 일으킬 때 북을 매달았던 느티나무가 살아

의령군 유곡면 세간리의 곽재우 생가(복원)

있다. 의령군에서는 해마다 이곳에서 의병제전 행사를
위한 성화를 채화하기도 한다.

　망우당의 친가는 현풍현 솔례동(현 대구 달성군 현풍면
대동)에 대대로 살았던 영남의 명문이었다. 현풍 곽씨는
현풍현의 토박이 성씨로 고려 후기부터 중앙으로 진출하
여 벼슬하는 인물이 이어졌다. 충선왕 때 진현전제학進賢
殿提學을 지낸 곽원진郭元振을 위시하여 그 후손으로 거
인居仁, 유의游義, 유례游禮 등 세 형제가 다 같이 전공판
서典工判書를 역임하였다.[1] 조선 왕조에 들어와 망우당

곽안방의 학문과 덕행을 기리기 위해 세운 尼陽書院

의 직계 현조玄祖 안방安邦이 세조 때 좌익원종공신에 참
여하였고 해남과 익산 고을의 수령을 거치면서 청렴한
공직 생활이 알려져 청백리에 녹선되었다. 고조 승화承
華는 점필재 김종직의 문인으로 한훤당 김굉필과는 동문
이자 인척간이었으며 증조 위瑋는 진사로 예안현감을 지
냈다. 이처럼 그의 집안은 청백리 집안의 내력을 이어온
데다가, 고조가 당대 유학의 종장인 점필재의 문하에 들

1) 이수건, 『영남사림파의 형성』, 영남대학교 민족문화연구소, p.50.

면서 사족 가문으로서 확고한 지위를 갖추게 되었다. 곽안방 이래의 세계를 표시하면 다음과 같다.

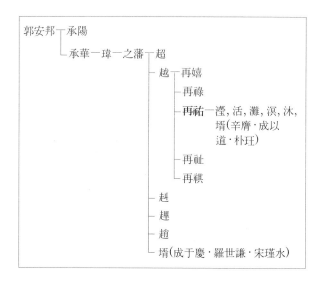

더욱이 그의 집안은 중종–명종 년간에 이르러 전성기를 맞아 가문의 위세를 크게 떨쳤다. 조부 지번之藩이 중종 15년(1520)에 문과에 급제하였고 종숙 간赶이 명종 1년(1546)에, 숙부 규赳가 명종 10년(1555)에 문과에 급제하였다. 그의 부친은 그가 태어나기 6년 전인 명종 원년(1546)에 진사시에 합격하여 그의 나이 다섯 살 때에 별시 문과에 급제하였다. 정유재란 때 황석산성에서 일가족과 함께 순절한 준䞭은 그의 재종숙이었다.

이처럼 그의 출생을 전후하여 부친의 형제, 종형제가

차례로 문과에 급제하여 벼슬길에 있었으니 그가 성장할 당시 가문의 위세가 어떠했는지는 미루어 짐작할 수 있다.

망우당은 위로 형 재희再禧와 재록再祿이 있었고 아래로 재지再祉와 재기再祺 두 이복 동생이 있었다. 그가 세살 때 친모 강씨가 별세하자 부친이 김해 허씨와 재혼하였기 때문이다. 이들 다섯 형제 가운데 망우당이 가장 집안의 촉망을 받았다. 이는 부친이 임종을 앞두고 "우리 집안 가업을 이을 사람은 너로다"라고 하면서 당상관의 장복을 그에게 맡겼다는 데서 짐작된다.

여형제로는 친모 강씨 소생의 누이와 계모 허씨 소생의 누이가 있어 각각 허언심許彦深과 성천조成天祚에 출가했다. 그의 계모 허씨 또한 의령 부호의 딸로 무남독여였다. 그녀는 퇴계 이황의 처와는 4촌간으로 이황의 처가는 당시 의령 제일의 부호로 알려져 있었다. 망우당은 계모의 슬하에서 성장하였고 계모 허씨를 친모 이상으로 효성을 다하여 극진히 봉양하였다. 이복 형제간의 우애도 두터웠다.

그는 16세 때 상산商山 김씨에 장가들었다. 상산 김씨는 당시 단성 지방에서 세력을 떨치던 사족으로 창원 등지에서도 족세가 번창하였다. 그의 장인 김행金行은 홍문관 부제학 김언필金彦弼의 아들이자 남명 조식의 사위였다. 김행에게는 오직 딸만 둘이 있었는데 그 가운데 차

녀가 망우당의 부인이 되었고 장녀는 동강東岡 김우옹金宇顒의 부인이 되었다. 망우당의 손위 동서인 김우옹은 당세의 명사로서 동서 분당 당시 동인의 선봉이 되었고, 남북 분열 당시 남인의 주류가 되어 격렬한 당쟁을 주도했던 인물이었다.

그의 출생을 전후하여 현풍 곽씨는 현풍현 솔례촌 인근 여러 고을의 재지 사족들과 중첩적인 인척 관계를 맺으면서 경상도 지역에 강력한 사회 경제적 기반을 갖고 있었다. 망우당 자신의 처외가를 비롯해서 그의 부·조의 처외가는 대부분 의령 인근의 창녕, 영산, 고령, 합천, 초계, 의령, 삼가, 단성 등지에 강력한 재지적 기반을 가진 사족 가문이었다. 이러한 지역적 기반이 후일 임진왜란이 발발했을 때 그가 의령에서 의병을 일으켜 군사 활동을 활발히 전개할 수 있었던 배경으로 작용할 수 있었다.[2] 망우당이 살았던 시대의 향촌 사회는 재지 사족들이 사실상 향촌사회를 장악하고 있었던 시대였기 때문이다.

---

2) 이수건, 「망우당 곽재우 의병활동의 사회·경제적 기반」, 『남명학 연구』 5집.

용의 눈과 봉의 눈썹

    망우당은 범상치 않은 용모와 풍채를 지닌 인물이었다. 그는 나이 27세 때 부친이 동지사冬至使로 북경에 갈 때 배행한 적이 있었다. 이 때 중국에서 관상을 보는 이가 그의 모습을 이상히 보고서는, "뒷날 틀림없이 큰 인물이 되어 이름이 천하에 퍼질 것이다"라고 하였다.

    망우당은 왜란 중 명나라 총병 유정劉綎의 군대가 팔거현(지금의 경북 칠곡군)에 주둔하고 있을 때 그의 군영을 왕래한 적이 있었다. 그 때 어떤 명나라 사람이 그를 보고서는, "용의 눈과 봉의 눈썹을 하고 있으니 하늘이 낸 특수한 자태로다. 마땅히 만고의 명인이 될 것이다"라고 하였다.

    그가 눈을 뜨고 사람을 응시하면 광채가 빛나 사람들이 이상히 여길 정도였다고 한다. 허언심에게 시집간 그

망우당 동상

의 누이는, "내 오빠는 평상시에는 온화하고 유순하지만 성을 낼 적에는 눈빛이 사람을 쏘아 저절로 넋을 잃게 만든다"라고 하였다. 이처럼 그의 외관상의 남다른 점은 눈빛이었다.

그의 안광의 남다름에 대해서는 그의 어릴 적 일화가 전하기도 한다. 소년 시절 어느 때인가 종숙부 죽재竹齋 곽간郭赶의 집에서 놀면서 연못가에서 연실을 따고 있을 때였다. 이 때 죽재의 딸아이가 연못에 돌을 던져 그를 쫓으려 하였다. 그는 그 자리에 우뚝 서서 움직이지 않고 성난 눈으로 쳐다보았다. 그의 쏘아보는 눈빛이 번개와 같음에 놀란 딸아이가 무서워 소리치며 들어가 이야기하자 그의 숙부는 기뻐하면서 "우리 집안을 크게 일으킬 자는 반드시 이 아이로다"라고 하였다.

망우당의 외관상의 특징이나 용모에 대해서는 이 밖에 달리 주목되는 기록은 보이지 않는다. 곽재우와 관련된 기념화나 동상을 제작할 때는 특히 그의 눈과 눈썹을 어떻게 표현할지를 주의할 필요가 있다. 망우당의 얼굴 모습을 형상화한 그림과 조각으로는 서양화가 정창섭과 권

훈칠이 1978년 공동으로 제작한 '홍의기마상'과 조각가 김만술 씨가 제작한 '망우당동상'이 있다. 이들 기념물에 용의 눈과 봉의 눈썹을 한 망우당의 비범한 용모가 어떻게 형상화되었는지를 눈여겨 볼 일이다.

창의도 가운데 그려진
망우당의 모습

그는 타고난 성품이 호방하였다. 그래서 글공부하는 여가에 활쏘기나 말타기를 즐겼고, 글씨 공부나 셈 공부도 하였으며 병법에 관한 서적도 두루 섭렵하였다. 그는 매사에 총명하여 부친의 남다른 신뢰를 받았다. 그가 장성한 뒤 매번 큰 일이 있으면 부친은 그에게 물어서 일을 처리하곤 하였다. 부친이 의주목사에서 물러날 때의 일이다. 마침 그가 고향에 내려가 없고 회계 문서는 많이 쌓여 있었다. 시일은 촉박하고 결재할 서류는 많아 담당 아전이 급하다고 하는데도 부친은 믿는 바가 있어, "아이가 돌아올 때까지 잠시 기다리라"고 하였다. 과연 그가 돌아와서는 여러 아전들에게 주산을 잡게 하고 문건을 살펴보고는 하루를 넘기지 않고 처리하였는데 조금도 틀림이 없었다.

그는 성품이 호방하여 거리낌이 없었으나 기상은 엄정

곽월 신도비

하였다. 어릴 적 독서를 할 때 한 번도 방종하는 일이 없었다. 일찍이 부친이 세간리 강가의 용연암 위에 정자를 짓고 거처하면서 여러 아들에게 이곳에서 책을 읽도록 하였다. 그는 다른 형제와 달리 멋대로 방종하는 일이 없이 단정히 앉아 책을 읽었다. 이 같은 진지하고 성실한 자세로 그는 『춘추』를 독학으로 공부하기도 하였다. 그가 나이 열네 살 때 숙부(곽규)에게 『춘추』에 대해 의심나는 곳을 질문한 적이 있었다. 그의 숙부는 그의 자질을 알아보고, "네 스스로 능히 보아 알 수 있거늘 어찌 내가 알려주기를 기다리느냐"라고 하였다. 이후 그는 『춘추』를 독학으로 공부하였으며, 이 때 공부한 『춘추』가 그의 학문과 사상의 바탕을 형성하였다.

그의 호방하면서도 엄정한 기질과 성품은 그의 아버지를 닮은 것이기도 하였다. 동명東溟 김세렴金世濂(1593~1646)이 쓴 곽월의 신도비명에 보이는 다음의 글은 부자간에 닮은 모습이 여실히 드러나고 있다.

공은 뛰어나게 기개를 자부하였고 신체와 모습이 훤칠하였으며 눈빛은 번쩍번쩍 빛나 사람들이 저절로 위엄에 질려 두려워하였다. 복잡하고 어려운 일을 잘 처리하는 것이 장점이어서 분석하고 결단하기를 거침없이 하였으며, 일에 임하여서는 뜻이 방대하여 통상적인 전철을 지키지 않았다. 자신을 단속하기는 또한 매우 엄격하고 깨끗하게 하여 20년 동안 지방관을 지내면서 전택田宅을 불린 것이 없어 자손의 후일에 대한 털끝만큼의 계획도 하지 않았다. 때문에 조정에 들어가서는 의심스러운 행동이 없었고 고향에 살면서는 헐뜯는 말이 없었다. (중략) 활쏘기를 잘하였던 것 또한 타고난 품성이어서, 공청公廳에서 물러나오면 번번이 과녁을 펴고 정곡正鵠 맞히기를 겨루었다. 쏘면 명중하지 않음이 없었기에 조정에서 공을 문무文武의 인재라고 하여 나라에 급한 일이 있을 때 큰 일을 맡길 수 있다고 여겼다. 뒷날 공의 아들 곽재우가 여항에서 일어나 임진년과 이듬해 계사년에 왜적을 격퇴시키고 큰 공을 세워 명성이 중국과 오랑캐에까지 알려지자, 사람들은 아비의 풍도가 있다고들 하였다.[1]

그는 소년 시절 독서에 남다른 열의와 취미를 보였다. 열 다섯 살 때에는 의령 자굴산에 들어가 독서에 열중하였고 이 때 제자백가의 서적을 두루 공부하였다. 그가 상산김씨에게 장가든 것이 16세였으니 그가 미성년 시절에

---

1) 『定庵先生逸稿』, 附錄, 神道碑銘.

얼마나 학업에 열중하였는가를 이로써 짐작할 수 있다. 뒷날 그의 부친이 임종을 앞두고 당상관의 장복을 그에게 맡기면서, "우리 집안의 가업을 이을 사람은 틀림없이 너일 것이다"라고 하였던 것도 그의 이러한 학구적 열성에 대한 기대 때문이었을 것이다.

그는 또한 인격이 고결하였다. 부친이 의주목사로 있는 2년여의 기간 동안 집을 떠나 의주에서 생활하면서 한 번도 여색을 가까이 하지 않아 사람들이 그의 지조에 감복하였다고 한다. 의주는 중국에 접경한 고을로 명나라와 우리나라 사신의 왕래가 잦은 곳이다. 이 때문에 의주에서는 사신을 맞이하거나 환송하기 위한 잔치가 잦았다. 대개 목사의 아들이면 유흥에 빠져 지내기 마련인데도 그는 두 해 남짓 이 곳에서 지내면서 한 번도 여색을 가까이 하지 않았다.

그는 부모에게 효성스럽고 형제에 대해 우애가 극진하였으며 수숙嫂叔간의 은의도 지극하였다. 그의 큰 형이 일찍 죽은 뒤 형수 최씨를 정성을 다해 섬겼으며 큰 형의 서자를 대하기를 자신의 아들처럼 여기어 논밭과 재산을 나누어 주었다. 항상 형제와 숙질들이 떨어져 사는 것을 안타깝게 여기어 고향에 들르면 가묘에 배알한 뒤 형제들과 더불어 한 집에서 숙식을 하면서 잠시도 떨어지지 않았다. 그가 지은 '가을밤에 뱃놀이 하며秋夜泛舟'라는 다음의 시에는 형제자매에 대한 그의 인간적 정의가 넉넉하게 잘 드러나고 있다.

바람은 솔솔 흰 이슬 내리는 달 밝은 가을

風輕露白月明秋

비록 술상은 낭자하나 마음 절로 조마하네

雖縱盃觴心自收

형과 아우 누이 동생 여러 손자 조카들이

弟兄姉妹羣孫姪

모두 함께 흔들리는 일엽편주에 탔으므로

都載翩翩一葉舟

한편 그는 혁혁한 집안에서 성장했으면서도 신분적 특
권 의식에 매이지 않고 일반 서민들과 생활, 의식, 기분
을 같이 했다. 그는 뒷날 의병을 일으킬 때 자신의 재산
을 모두 풀어 흩어진 군졸들을 모았다. 자신의 옷을 벗
어서 전사戰士에게 입히고, 그의 처자의 옷을 벗겨서 전
사들의 처자에 입혔다. 그리고서 이들을 충의로써 격려
하자, 모두가 감격하여 눈물을 흘리면서 그와 함께 죽기
를 원하였다는 것은 잘 알려진 사실이다. 이 때문에 그
의 의병 부대를 '신분, 계급을 초월한 동지적 결합'이라고
하는 견해가 있기도 하다. 그의 의병 부대가 신출귀몰한
게릴라 전술과 전략을 자유롭게 구사할 수 있었던 것도
하층민의 지지와 협조 위에서 가능한 것이다. 실제 그의

초기 의병 활동에는 가노家奴 혹은 가동家僮과 같은 천한 신분의 사람들이 왜적 토벌에 나섰다. 당시 전란 중의 상황으로 보아 이들의 의병 활동은 신분적 예속으로 인한 강제적 동원이었다기 보다는 자발적 지원이었던 것으로 보인다. 이는 그가 하층 민중까지도 신분적 차별 없이 동지로서 대하였음을 알려주는 것이다.

3

당태종교사전정론 唐太宗教射殿庭論

　　임진왜란이 있기 이전 망우당의 행적을 『망우집』 연보를 통해 살펴보면 다음과 같다. 그는 의령 세간리에서 출생하여 일찍이 모친을 여읜다. 소년 시절 『춘추』에 관심을 가져 공부하였으며, 16세에 상산 김씨와 혼인하였다. 결혼 이후 과거 공부에 열중하는 한편 여가에 잡학과 병서를 섭렵하였고 그 사이 몇몇 자녀를 낳게 된다. 의주 목사로 부임하는 부친을 따라 의주에서 2년간 생활하기도 하였으며, 뒤이어 동지사冬至使로 북경에 가는 부친을 배행하여 중국에 다녀오기도 하였다. 나이 35세 때에 부친상을 당하며 이 때까지만 하더라도 과거 시험을 준비하여 몇 차례 대과와 소과의 초시初試에 합격하였고, 또 정시庭試에도 합격하였다. 부친의 삼년상을 끝내고는 과거 공부를 단념하여 의령현 동쪽의 기강가에 정자를 짓고 이곳에서 생활하다가 임란을 맞이하였다.

이처럼 그는 부친이 서거하기 이전까지만 하더라도 과업科業을 닦는 유생으로서의 삶을 착실히 살았던 것으로 나타난다. 그의 출생을 전후하여 그의 집안은 종숙부, 숙부, 부친이 차례로 과거에 급제하는 등 위세를 크게 떨치고 있었다. 이렇게 집안이 명성을 떨치던 시기에 태어난 그는 자질 또한 출중한데다가 어릴 적부터 남달리 진지하고 성실한 자세로 학업에 열중하였기에 그가 조부와 친부를 이어 벼슬길에 나아갈 인물로 촉망을 받았다.

그의 종숙은 "우리 집안을 크게 일으킬 사람은 반드시 이 아이로다"라고 하여 소년 시절의 곽재우를 범상치 않은 인물로 보았다. 그의 숙부 또한 『춘추』에 대해 질의한 망우당에게, "네 스스로 능히 보아 알 수 있거늘 어찌 내가 알려주기를 기다리느냐"라고 하여 그의 학문적 자질을 높이 인정하였다. 부친 또한 임종에 앞서, "우리 집안의 가업을 이을 사람은 틀림없이 너일 것이다"라고 하여 그에 대한 기대가 남달랐다.

실제로 그는 여러 차례 소과와 대과에 응시하였고 이들 시험에서 몇 차례 초시에 합격하기도 하였으며 또 정시庭試에 합격하기도 하였다. 그가 대과와 소과의 초시에 합격한 사실은 그 시기가 분명하지 않으나 정시 합격은 부친상을 당하기 전 해, 즉 그의 나이 34세 때(1585)의 일이었다.

『광해군일기』에 보이는 그의 졸기卒記에는 그가 일찍이 진사시에 합격한 듯 기록되어 있다.[1] 그러나 그의 과거 응시가 가능한 시기에 해당하는 선조 즉위년 이래 임진왜란 직전까지는 매 3년마다 시행한 식년 사마방목이 빠짐없이 남아있고 이 동안에 있었던 세 차례의 증광시 사마방목도 남아있으나 여기에 그의 이름은 보이지 않는다.

곽재우 졸기(『광해군일기』)

한편 『망우집』에는 그가 34세 되는 선조 18년(1585)에 정시에 제2등으로 합격하였으나 발표가 있은 지 수일 만에 '논論' 가운데 저촉되는 말이 있어 파방을 당하였다는 기록이 전한다. 그리고 당시의 시제試題가 '당태종교사전정론唐太宗敎射殿庭論'이었다고 하여 그의 정시 합격 사실이 구체적

---

1) 『광해군일기』 114권 9년 4월 신유의 곽재우 졸기卒記에 "不知理學 擧進士不第"(중초본) 라는 기록이 보인다. 이를 실록 국역에서는 "성리학을 알지 못하여서 진사시를 보았으나 급제하지 못하였다"로 번역하였으나, 진사시의 합격 여부를 '급제'나 '부제'라고는 하지 않으므로 이는 "진사로 응거應擧하였으나(즉 진사시에 합격하였으나) 문과에 급제하지는 못하였다"로 해석하는 것이 옳을 것이다. 그러나 망우당의 진사시 합격에 대한 이러한 언급 자체는 잘못이라고 할 것이다.

으로 나타나고 있다.

'당태종교사전정론'이란 당 태종이 여러 군대의 장수와 병졸로 하여금 궁전 뜰에서 활쏘는 연습을 하도록 명한 사실에 대해 논변하라는 내용의 시험 문제이다. 당태종의 이 명령에는 당시 대부분의 조정 신하들이 반대하였다. 제왕의 측근에서 장졸들이 병기를 사용하는 것은 위험하다고 여겼기 때문이다. 그럼에도 불구하고 당 태종은 이를 감행하였고, 이로 말미암아 사졸들이 모두 정예병이 되었다고 한다. 당 태종의 당시 명령에 대해서는 후대에 이르러 평가가 엇갈렸다. 즉 제왕이 자신의 안위를 돌보지 않을 정도로 무비武備를 중시했다는 점을 높이 평가하는가 하면, 임금이 즉위하여 예악禮樂으로 교화하는 것을 우선하지 않고 활쏘기를 익히도록 한 것은 제왕으로서의 도리를 잃은 것으로 비판을 받기도 하였다. 여하튼 당시 정시의 시제인 '당태종교사전정론'은 제왕의 도리를 거론하는 문제였으므로 논술에 신중을 기하지 않을 수 없는 것이기도 하였다.

그러나 망우당의 정시 합격이 파방되었다는 문집의 기록은 『광해군일기』에 보이는 기록과는 다소 차이가 있다. 그의 정시 합격 사실은 광해군 7년(1615) 11월에 광해군이 당시 좌의정 정인홍을 인견하는 자리에서도 거론되었다. 이 때 광해군은 곽재우를 통제사에 임명하는 문제를 정인홍과 의논하였다. 이 자리에서 정인홍은 망우당이 "이

전에 전시殿試에 직부直赴했으나 급제하지 못하였다"는 사실을 들어 그가 여느 무장과는 달리 문무를 겸비한 인물임을 피력하여 그가 통제사를 맡을 수 있는 적임자라고 하였다.[2] 이에 광해군이 그 시기를 묻자 이 자리에 동석했던 윤선尹銑이, "을유년 정시에 논論 이하二下의 성적으로 입격하였다"는 사실을 밝혔다.[3] 윤선은 경상도 삼가 사람으로 정인홍의 문인이며 그의 아버지 윤언례尹彦禮는 망우당의 격서 사건이 문제가 되었을 때 경상도 여러 고을에 통문을 돌려 위기에 처한 그의 입장을 옹호했던 인물이다. 말하자면 정인홍과 윤선은 망우당의 과거 응시와 관련해서 사실 관계를 잘 알 수 있는 처지에 있었던 인물이다. 정인홍과 윤선의 말을 합쳐보면 망우당은 을유년(1585) 정시에 2등으로 합격하여 전시에 직부했으나 급제하지 못하였다는 사실로 정리된다. 실제 당시의 정시는 과거의 최종 고시가 아니라 초시와 회시를 거침이 없이 전시에 곧바로 응시할 수 있는 자격을 부여한 시험이었던 것으로 보인다. 따라서 '논' 가운데 저촉되는 말이 있어 합격했으나 파방을 당하였다는 문집의 기

---

2) 『광해군일기』 97권, 7년 11월 갑신.

3) 윤선은 삼가 구평 사람으로 정인홍의 문인이다. 왜란 중 그의 아버지 윤언례尹彦禮는 삼가에서 창의하였으며, 망우당의 격서 사건이 문제가 되었을 때 박사제朴思齊와 함께 여러 고을에 통문을 돌려 곽재우를 비호하였다.

록은 무슨 착오에서 비롯된 것이라 하겠다.

망우당이 과거의 최종 시험 문턱에서 좌절을 맛본 다음 해(선조 19년, 1586)에 부친이 별세하였고 이 때 그의 나이는 35세였다. 이후 삼년상을 마치고 다시 과거 공부를 계속하기에는 그의 나이가 적지 않았고 과업을 계속하는 것은 그의 호방한 기질에도 맞지 않았다. 그는 부친의 상제를 마친 다음 의령현 동쪽을 흐르는 기강변에 돈지강사를 짓고 여기서 기거하였다. 이곳에서 자연을 벗 삼으며 어부처럼 살며 여생을 보내고자 하였다. 그러던 중 왜란을 맞이하였다.

망우당의 정시 합격에 관한 기록
(『광해군일기』)

4

홍의장군 紅衣將軍

선조 25년(1592) 4월 13일 대마도를 떠난 700여척의 왜선이 부산포에 도착하고, 다음날 고니시 유기나가(小西行長)가 이끈 선발대 1만 8천의 왜군이 부산성을 공격함으로써 7년간을 끈 왜군의 침략전쟁이 시작되었다. 부산첨사 정발鄭撥은 노도같이 밀려드는 수만 명의 왜군을 맞아 치열한 전투를 벌였지만 불과 몇 시간 만에 성은 함락되고, 성 안의 백성들은 떼죽음을

임진왜란 전황도

27

당하였다. 이튿날에는 동래성이 함락되고 동래부사 송상현宋象賢을 비롯해 수많은 군민이 순국하였다. 서전에서 승기를 잡은 왜군은 여세를 몰아 북상하였고 며칠 뒤에는 다시 왜군의 후속 부대가 연이어 부산과 김해에 상륙하였다.

망우당이 의령에서 의병을 일으킨 때는 이로부터 며칠이 지난 4월 22일이었다.[1] 이때는 왜군이 김해와 창원을 함락하고 칠원을 거쳐 영산, 창녕, 현풍으로 진격할 무렵이었다. 그는 왜적의 침입을 당하여 여러 고을이 힘없이 무너지고 도내의 감사와 병사, 수령과 장수들이 모두 제대로 싸워보지도 않고 흩어져 도망하는 것을 보고 울분을 참지 못하여 외쳤다.

거룩한 조정으로부터 벼슬아치나 백성들이 보살핌을 받은지 2백년이 되었음에도 갑자기 난리가 일어나 위급하게 되자 모두 자신의 안전만을 도모할 계책을 세우고 임금의 어려움을 돌아보려 하지 않는다. 이제 초야에서나마 일어나지 않는다면 온 나라 삼백 고을에 한 사람의 남자가 없음이니 어찌 만고의 수치가 되지 않겠는가?

---

1) 『亂中雜錄』 1, 임진 4월 22일조와 『忘憂集』 권2, 疏, 倡義時自明疏를 참조. 이 밖에 기병 일자에 관해서는 『선조실록』, 25년 6월 병진 조에 '4월 24일'이라는 언급이 보이고, 또 『선조실록』, 25년 11월 신사조에 '四月二十日間'이라는 언급이 보인다.

현고수

그는 왜적과 싸우기로 결심하고 우선 가족을 피신시킨 다음 십 수 명의 동지들을 규합하여 창의의 기치를 올려 불안과 공포에 떠는 민중들의 향토애와 적개심을 이끌어 냈다. 이 날이 바로 임진년 4월 22일로 의령 유생 곽재우가 처음 의병을 일으킨 날이다.

4월 22일의 기병은 아주 소규모의 병사를 거느리고 그가 우선 이 날에 창의의 기치를 내걸었던 사실을 두고 말하는 것이다. 이로李魯의『용사일기』에는 이 날의 광경을 다음과 같이 묘사하였다.

처음 의령의 곽재우는 왜란을 만나 발분하며 가동 10여 명을 거느리고 이불을 찢어 깃발을 만들고 붉은 옷을 입고 스스로 천강장군天降將軍, 홍의장군紅衣將軍이라 일컬으며 북을 치

홍의기마상

고 나팔을 불며 깃발을 휘두르며 큰 소리로 외쳤다.[2]

그의 군사 활동은 뒷날 초유사 김성일로부터 의거로 인정받아 그에게는 '돌격장', '의병장' 등의 직함이 부여되지만, 창의 당시에는 스스로를 '천강장군', '홍의장군'으로 칭하면서 북을 치고 나팔을 불며 분위기를 고취시켜 군사를 거느렸던 것이다.

그리고 창의 이후 이러한 의병 부대가 왜군을 상대로 군사 작전을 수행할 수 있는 인적, 물적 기반을 갖추게 되는 과정을 『난중잡록』에서는 다음과 같이 설명하고 있다.

2) 『龍蛇日記』 11엽, "初宜寧郭再祐 遭亂發憤 以家僮十餘人 裂衾爲旗 着紅緋衣 自稱天降將軍紅衣將軍 擊鼓吹角 揮旗大呼".

의병창의도

유학幼學 곽재우가 군사를 일으켜 왜적을 토벌하였다. (중략) 자신의 가재를 모두 풀어 흩어진 군졸들을 모으고, 자신의 옷을 벗어서 전사戰士에게 입히고, 그의 처자의 옷을 벗겨서 전사들의 처자에 입혔으며, 또 충의로써 군사들을 격려하였다. 이로부터 모은 전사 가운데 심대승沈大承, 권란權鸞, 장문장張文章, 박필朴弼 등 10여 인은 다 용감하고 활을 잘 쏘는 사람들로 감격하여 눈물을 흘리면서 곽재우와 함께 죽기를 원하였다.

이 날 서로 같이 거의舉義하기로 약정하니 수하의 용사 50여 명이 의령, 초계의 창고 곡식을 꺼내고 또 기강에 버려진 배의 조세미租稅米를 가져다가 모집한 군사들을 먹였다. 사람들의 말이 자자하여 혹은 발광하는 것으로 여기고 혹은 도적질을 하는 것으로 여겼다. 합천군수 전견룡全見龍이 그를 토적으로 순찰사에게 보고하여 군졸들이 다 흩어져 버렸는데, 그 때 마침 초유사가 내려와 그의 이름을 듣고는 그를 불러서 만나보고야 의병을 일으킬 것을 격려하였다. 이리하여 군졸들이 되돌아 왔으며, 이에 재우는 더욱 힘을 내어 왜적을 토벌하였다.[3]

   여기서 주목되는 것은 무엇보다도 곽재우 의병 부대는 곽재우 자신이 가재를 털고 가동을 거느리는 등의 개인적 희생과 결행으로 대원들을 모았다는 점이다. 이 점에서 그의 의병 부대는 왕명에 따른 소모에 응하여 기병한 여타의 의병 부대와 달랐다. 창의와 함께 군사를 확보하는 과정에서 망우당은 자신의 전 재산을 다 쏟았으며, 불과 수일 사이에 결행된 그의 이러한 행동은 주변의 눈에 광적인 행동으로 비칠 정도였다.[4] 초기 기병시 거명되는 인물로는 심대승, 권란, 장문장, 박필의 네 사람이 거명되고 있다. 이 가운데 심대승과 권란은 뒷날 망우당 휘하의 의병 부대가 보다 큰 규모의 군사 조직으로 확대되었을 때도 핵심적으로 관여하게 되지만, 장문장과 박필은 이후의 행적이 잘 드러나지 않는 인물이다. 여하튼 기

---

3) 『亂中雜錄』 1, 임진 4월 22일조.
4) 『亂中雜錄』 1, 임진 6월 19일조.

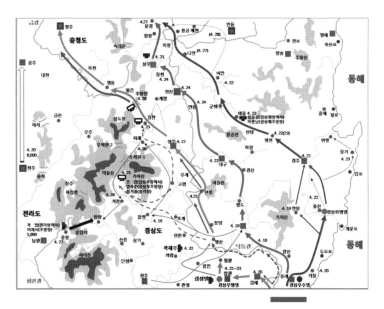

임란 초기의 왜군 진격로

병 초기의 중심 인물로 거명되는 이들에 대해, "모두 용
감하고 활을 잘 쏘며 망우당의 의거에 감격하여 눈물을
흘리며 그와 함께 죽고자 했다"고 하는 데서 이들은 성
향상 문사라기보다는 무사에 가까운 부류의 인물들로 짐
작된다.

위『난중잡록』의 기사에 따르면 망우당 의병 부대가 의
령, 초계의 관곡과 기강의 조세미를 남취한 행동은 4월
22일의 창의와 거의 동시에 이루어진 것으로 기록되어
있으나, 여기에는 약간의 시차가 있었다. 이를 살피기 위
해서는 4월 22일을 전후한 시기에 있어서 의령 주변의

왜군의 침입 상황을 살펴볼 필요가 있다.

4월 13일 처음 부산포에 침입한 왜군 선견대 1번대는 다음 날 14일에 부산성을 침공하여 부산 동래를 함락시켰다. 이들은 며칠 후 도착한 후속 부대인 2번대, 3번대, 4번대와 함께 좌, 중, 우의 세 길로 나누어 북상하였다. 이 가운데 경상우도에 인접한 낙동강 좌안의 영산, 창녕, 현풍 등은 좌로로 북상한 왜군 3번대에 의해서 침입을 맞게 된다. 왜군 3번대는 4월 19일 죽도 부근으로 상륙하여 그 날로 김해를 공취하고 창녕 쪽으로 나간 뒤 부대를 나누어 하나는 무계-성주 길로 다른 하나는 초계-거창-지례 길로 북상하였다. 이 왜군 3번대는 곧장 북상하였을 뿐 경과하는 지역에 병력을 남기지는 않았다.

낙동강 좌안의 현풍 등지에 오랜 동안 주둔하면서 경상우도 의병진과 대치, 접전하는 왜군은 왜군 6번대와 7번대로 각각 고하야가와 다가가게(小早川隆景)와 모오리 데루모도(毛利輝元)를 주장으로 하였다. 이들 부대는 선발대가 4월 19일에 부산에 도착하였고 후속 부대는 5월 중순에 상륙하여 경상도 일대에 나뉘어 주둔하였다.[5]

그러므로 망우당이 기병한 4월 22일 무렵까지만 하더라도 의령 지역은 아직 왜군의 직접적인 피해를 입지는 않았다. 그러다가 낙동강 좌안 지구에 잔류한 왜군이 의

---

5) 육군본부, 『한국군제사 -근세조선후기편-』, 4~5쪽.

령을 비롯한 경상우도 쪽의 인근 군현을 넘나들면서 노략질을 시작하게 되는 것은 4월 27일 무렵 부터였다.『난중잡록』에는 4월 27일자에 의령현과 인근 군현의 왜군에 의한 피해 상황을 다음과 같이 기록하고 있다.

경상우병사 조대곤曹大坤이 후퇴하여 회산서원晦山書院에 숨었다. 때마침 창원에 잔류하고 있던 왜적 40여 기가 피란하는 사람들을 추격하여 강물을 거슬러 건너와 의령의 신반을 약탈하고 마침내 빈틈을 타 성으로 들어가서는 관아와 성문을 불살랐다. 조대곤은 마침 삼가에 있다가 대부대의 왜적이 닥쳐온 줄로만 생각하고 기旗와 북을 버리고 숨었다.[6]

『난중잡록』의 이 기록은 망우당이 기병 초기 군량과 병기 등을 확보하게 되는 전후 배경과 시점을 알려주는 것이다. 즉 의령의 신반이 약탈된 것은 창원에 잔류하고 있던 왜적들에 의해서이며 이들은 피난하는 사람들을 추격하여 4월 27일 무렵 의령 경내로 들어와 관아와 성문을 불사른 후 삼가와 합천을 지나 고령 쪽으로 사라졌다는 것이다.

요컨대 4월 22일 창의할 당시까지만 하더라도 아직 직접적인 왜군의 침입을 겪지 않았던 의령 지역도 수일이

6)『亂中雜錄』1, 임진 4월 27일조.

경과한 4월 27일 무렵부터는 소규모의 왜병에 의해 분탕질을 당하게 되었던 것이다. 그러므로 망우당 휘하의 용사들이 의령, 초계의 관곡을 취하는 따위의 행동이 나타나는 시점은 바로 이 무렵이라고 할 수 있다. 망우당 의병 부대가 관의 주시를 받게 되고 토적으로 몰리게 되는 것도 이 무렵부터였던 것이다. 하지만 이렇게 해서 확보한 군량과 병기로서 군사 활동을 수행할 수 있는 여건을 갖추게 됨으로써 그의 의병 부대는 적은 수의 병력으로나마 왜군을 상대로 한 군사 행동을 독자적으로 개시하게 된다.

4월말 경에 군량과 병기를 확보함으로써 군사 활동 여건을 갖추게 된 곽재우 의병부대가 왜군을 상대로 실제 전투를 벌이는 것은 기록상으로는 5월 초로 나타난다. 다음의 기록은 곽재우 의병 부대의 가장 이른 시기의 전적을 알려주는 내용이다.

> 이 달(5월) 초 4일에는 용감한 장사 4인을 거느리고 낙강 하류에서 왜선 세 척을 쫓았으며, 초 6일에는 왜선 11척이 또 초 4일에 싸웠던 곳에 이르기에 용감한 장사 13인을 거느리고 이를 축출하였습니다.[7]

---

7) 『瑣尾錄』1, 壬辰南行日錄, 임진 5월.

이 기록은 망우당이 초유사 김성일로부터 서신을 받고 김성일에게 보낸 답서에서 언급되는 내용으로, 곽재우 의병 부대의 초기 전적으로 일자가 명시적으로 나타나는 기록이다. 김성일이 경상도 초유사로 함양에 도착한 시기는 5월 8일로서 망우당이 김성일에게 보낸 이 편지는 5월 중에 그가 쓴 편지였

초유사에게 보낸 망우당의
서신(『쇄미록』)

다. 여기서 보면 김성일이 함양에 이르기 불과 이틀 전인 5월 6일까지도 그의 의병 부대가 활동하였음을 알 수 있다.

그런데 곽재우 의병 부대의 초기 활동에서 유의되는 점은 그가 아주 소규모의 병력을 거느리고 낙동강 방면에서 왜선을 축출하는 등의 전과를 올리고 있다는 점이다. 망우당 자신이 훗날 김성일에게 보낸 서한 가운데, "처음에는 4~5명의 병졸로 왜적을 치고, 중간에는 수십 명의 군대로 왜적을 축출하였으며, 지금은 백여 명의 병력으로 왜적의 목을 벤다"라고 하는 데서도, 수십 명 혹은 백여 명의 비교적 많은 병력을 거느리고 작전을 수행하게 되는 훗날의 의병부대의 모습과는 달리, 기병 초기

에는 불과 몇 명의 소수 병력으로 왜적을 상대로 작전을 수행하였음을 알 수 있다.[8]

그리고 이러한 소규모의 병력으로 많은 수의 왜군을 상대하여 탁월한 전과를 올릴 수 있었던 전술과 전략을 그는 다음과 같이 피력하였다.

왜적이 믿는 것은 단지 장검과 철환 뿐입니다. 화약은 틀림없이 다 떨어졌는지 늘 포를 쏘아도 철환이 날아오지 않으니 적의 사정을 가히 알 수 있습니다. 장검이란 반드시 두어 걸음 앞에서 맞붙어야 사용할 수 있는 것이지만, 우리의 굳센 활과 화살은 두어 걸음을 기다려서 쏠 필요가 없습니다. 이로써 헤아려보면 우리 군사 한 명이 저들 백 명을 감당할 수 있고 우리 군사 백 명이면 저들 천 명을 당해낼 수 있습니다.[9]

그런데 5월 초 낙동강에서 수척의 왜선을 격퇴한 이때의 전과는 곧 인근에까지 알려지게 되면서 의령, 삼가, 합천 등지에서 분탕질을 일삼던 왜군을 물러나게 하였다. 이 무렵 의령 인근 고을의 사정을 『난중잡록』에서는 다음과 같이 기록하고 있다.

---

8) 『亂中雜錄』 1, 임진 4월 27일조.
9) 『瑣尾錄』 1, 壬辰南行日錄, 임진 5월.

곽재우가 의령, 삼가, 합천 등 읍을 수복하였다. 우도의 왜적이 소문을 듣고 철거하는 자가 매우 많았다. 재우는 정진에 진을 치고 강 연변의 왜적을 사로잡았다.[10]

여기서 "곽재우가 의령, 삼가, 합천 등 읍을 수복하였다"라는 내용은 이 무렵 의령 인근 지역에서 노략질을 하던 소규모의 왜군이 곽재우의 의병 활동을 소문을 통해 듣고 다른 곳으로 이동했던 사실을 일컫는 것이다. 당시의 형세로 보아 이들 의령, 삼가, 합천 지역에 있었던 왜군은 소규모의 숫자에 불과하였을 것이나, 아군 측의 군사적 대응이 전혀 없는 틈을 타서 멋대로 분탕질을 일삼을 수 있었다. 그러다가 곽재우 부대의 왜선 격퇴 소식을 접하게 되면서 이내 물러났던 것으로 보인다.

그의 의병 부대의 초기의 활동은 이처럼 불과 수인의 특공 요원을 거느리고 수행하였던 것이며 주된 작전 내용은 의령에 접경한 낙동강 방면에서 왜선을 공격, 축출하는 것으로 나타난다. 망우당이 왜선을 축출하던 의령 접경의 낙동강은 흔히 기강岐江이라고 불리는 곳이다. 기강은 창녕, 의령, 함안 세 고을의 경계를 흐르는 낙동강의 일정 구간을 지칭하는 것으로 낙동강과 남강의 합류 지점을 중심으로 상하 약간 거리의 구간에 해당하는

10) 『亂中雜錄』 1, 임진 5월 4일.

의령현지도(조선후기)

강이다.[11]

5월 초 당시 왜군은 이미 주력 부대가 내륙 깊숙이 진격하고 있었기에 당시 기강에서 곽재우 의병 부대의 공격을 받은 왜선은 주로 군수 물자를 수송하는 병참선이었을 것이나, 경상우도 방면으로 진출하려는 병력을 수송하는 군선도 일부 포함되었던 것으로 보인다. 따라서 곽재우 의병 부대의 몇 차례의 왜선 격퇴는 의령 방면으로 진출하려는 왜군의 작전에도 타격을 가하는 것이

---

11) 김윤곤, 「郭再祐의 義兵活動」(『역사학보』 33, 1967).

었다.

　요컨대 망우당은 임란이 발발하자 불과 수일 뒤에 곧
바로 창의의 기치로 분위기를 잡아, 당시 의령 인근의 우
도 지역에 적은 수나마 횡행하던 왜군을 물러나게 하였
다. 또한 불과 수명의 특공 요원을 거느리고 경상우도 쪽
을 넘보는 왜선을 축출함으로써 지역 방어를 성공적으로
수행하였다. 기병 초기에 망우당의 지휘 하에 이루어낸
이러한 전과는 관으로부터 군사 활동을 공인받기 이전
단계의 활동이다. 말하자면 일종의 사병 부대에 흡사한
모습을 하고 있을 때의 군사 활동으로 주목된다.

5

의거義擧

촉석루 안에 세 장한 선비들	矗石樓中三壯士
한 잔 술로 웃으며 장강의 물을 가리키네	一盃笑指長江水
장강의 물 도도히 흐를지니	長江之水流滔滔
물결이 마를손가 넋인들 죽을손가	波不渴兮魂不死

이 시는 초유사 김성일(1538~1593)이 임진년 5월 진주성 촉석루에 올랐을 때 지은 시로 알려져 있다. 또한 시 가운데 삼장사는 김성일 자신과 당시 그의 참모로 활동했던 대소헌 조종도(1537~1597)와 송암 이로(1544~1598)를 지칭하는 것으로 알려져 있다. 진주성 촉석루에는 이 사실을 전하는 기념비가 세워져 있으며, 비문은 1960년 중재重齋 김황金榥(1896~1978)이 찬하였다.

임진년 5월 당시 망우당도 단성에서 학봉 김성일을 만

진주성 안의 삼장사시비

난 뒤 진주까지 동행하였던 사실이 있다. 그리고 『망우집』 연보에는 이 때 촉석루에서 김성일, 조종도와 동석했던 이는 망우당이었던 것으로 기록되어 있어 혼란스럽다.[1] 여하튼 그가 단성에서 김성일을 만나 진주까지 동행했던 사실은 분명하므로 그 전후 사정을 살펴보기로 한다.

망우당은 기병 이후 얼마 지나지 않아 휘하 병사를 시켜 의령과 초계 고을의 관곡을 풀어내고 또 기강에 버려

---

1) 『망우집』 5권, 부록, 事實摭借錄에는 이로李魯가 당시 촉석루에 없었다고 하여 김성일의 삼장사 시에 등장하는 삼장사는 김성일과 조종도, 곽재우라고 하였다. 그러나 이재호, 「역사기록의 허실에 대한 검토」(『학봉선생의 생애와 사상』, 운장각건립추진위원회, 1987)에서는 삼장사시의 삼장사가 김성일, 조종도, 이로인 것으로 논증하였다.

진 배에 실려 있던 조세미租稅米를 취해 군량에 충당토록 함으로써 관가로부터 토적土賊으로 의심을 받게 된다. 왜란 중 치안이 무너진 상태에서 그의 의병 부대가 취한 이러한 행동은 불가피한 측면이 있기도 하였지만 오해를 받을 만한 소지가 있었다. 당시 왜란을 틈타 이른바 토적土賊으로 일컬어지는 무리들이 인근 지역에서 횡행하였고, 실제로 같은 고을에서 정대성鄭大成이라는 자가 이같은 행동을 자행하기도 하였다. 곽재우 의병 부대의 관물 남취 사건도 이를 관에서 문제삼게 되면서 그에 대해서는 체포령이 내렸고, 이 때문에 그의 휘하에 있던 대원들도 점차 흩어졌다.

대원의 이탈로 거의 해산에 직면했던 그의 의병 부대가 회생하게 되는 것은 초유사 김성일이 함양에 도착하여 그의 군사 활동을 적극적으로 격려하면서였다. 김성일이 함양에 도착할 무렵 망우당은 휘하 병사의 이탈로 더 이상 활동이 불가능하게 되자 충격을 받아 지리산으로 은둔하려던 참이었다고 한다.[2]

김성일은 함양에 도착해서 이로와 조종도로부터 곽재우 의병 부대의 활약과 관물 사건에 대하여 비교적 자세한 정황을 전해 듣고, 곽재우의 군사 활동을 공적으로 인

---

2) 『鶴峯集』, 附錄, 年報, "再祐 宜寧人也 亂初首先倡義…隣邑宰有以土賊申使臺 至移關追捕 軍情沮喪將散 再祐知不能有爲 將棄入頭流山".

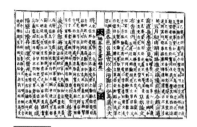

『학봉집』 연보의 삼장사시에 대한 기록

정하는 조처를 취하였다. 당시 관군이 거의 무너져 흩어진 상황에서 무엇보다 시급하였던 것은 흩어진 병력을 수습하여 왜군에 대항해 싸울 수 있는 전투 조직을 재건하는 일이었다. 그는 즉시로 도내의 일반 관민들을 상대로 초병招兵에 응할 것을 호소하는 글을 직접 작성하여 고시하는 한편, 망우당에게는 별도의 공첩을 보내어 그의 군사 활동을 독려하였다.[3] 당시 김성일이 망우당에게 보낸 편지의 일부를 옮기면 다음과 같다,

들리는 말에 의하면 귀하는 여염에서 분발하고 일어나 의병을 불러 모아 강 가운데서 왜적의 배를 섬멸하여 의로운 명성을 한 고장에 날려 사람마다 기운을 돋우었다 합니다. 선대부께서 훌륭한 아들을 두었다고 하겠습니다. 그 뜻을 끝까지 관철하기에 힘쓰고 의병을 더욱 확장하여 이 곳에 있는 왜적들을 죽이고 백성을 도탄에서 구하여 위로는 임금의 원수를 갚고 아래로는 충효의 가문을 빛낸다면 통쾌하지 않겠습니까?[4]

3) 이때의 통유문은 『亂中雜錄』에는 5월 20일조에, 『孤臺日錄』에는 5월 8일자에, 『瑣尾錄』에는 9월 2일조에 보인다.

김성일은 곽재우 휘하의 병력을 '의병'으로 지칭하였고 의병을 더욱 확장할 것을 독려하였던 것이다. 김성일은 일찍이 곽재우의 부친과 사간원에서 같이 언관으로 활동한 적이 있었다. 그는 이러한 교분을 들추어 "선대부께서 훌륭한 아들을 두었다"라고 하여 망우당에 대한 신뢰를 보이는가 하면, 또한 망우당의 집안이 충효의 가문임을 들추어 그의 집안에 대해서도 마찬가지의 신뢰를 표하였다.

초유사가 그에게 보낸 이 서신은 관물 남취 사건으로 난관에 봉착했던 그에게는 그의 군사 활동을 공적으로 인정하는 의미있는 조처로 받아들여졌다. 그는 초유사의 서신에 감복하고는 즉시로 이 편지를 장대에 매달아 널리 고을 사람들에게 보였다. 이로부터 비로소 고을 사람들도 그의 군사 활동을 '의거'로 인정하게 되었고, 감사와 수령도 이를 저지할 수 없게 되면서 그의 의병 부대는 극적으로 소생하게 되었다.[5] 김성일이 함양에 도착한 것은 5월 8일이며, 그가 망우당에게 서신을 보낸 날짜가 5월 11일로 확인되는 만큼 이 사흘 사이에 도적질의 혐의를 벗고 의거로 공인을 받는 결정이 이루어졌던 셈이다.

---

4) 『亂中雜錄』 1, 5월 20일.

5) 『鶴峯集』, 附錄, 年報에, "…선생이 편지를 보내어 그를 장려하자 재우는 이에 감분하여 곧 선생의 글을 깃대에 매달아 향리 사람들에게 보이니 사람들이 비로소 그의 행위를 의거로 믿게 되고, 감사와 수령이 이를 저지할 수 없게 되어 군세가 다시 떨치게 되었다"라고 하였다.

上招諭使金鶴峯誠一書

十一日伏覩下帖不勝感激之至荒拙之辭不能盡
其心情不審下覽否今日乘馬將發忽逢監司關持
來驛人間閤下所住則與監司同會一處相議云故
未果為所以不赴者有說焉請為閤下陳之所謂都
巡察者乃前日築城金晬乎金晬乃我國之罪人也
人人得以誅之閤下何不聲罪上聞繫首境上以起
義兵而反與之同處乎晬再為監司使民離散者乾
住不說賊變之後可誅之罪充多倭到東萊退縮窟

곽재우가 초유사에게 보낸 서신
(『망우집』)

망우당은 김성일로부터 부름을 받고 그를 만나기 위해 곧바로 길을 나섰다. 그러나 도중에 김성일이 감사 김수金睟(1547~1616)와 함께 있다는 사실을 확인하고는 발길을 거두었다. 대신에 그는 초유사에게 곧바로 편지를 써서 김수의 죄를 성토하고 그의 목을 벨 것을 주장하는 등 김수에 대한 격한 감정을 토로하였다. 한편 이때의 편지를 통해서 그가 초유사를 만나기 위해 길을 나섰다가 발길을 돌린 까닭이 무엇인지도 엿볼 수 있다.

서는 반드시 합하께서 임금님에게 알려서 김수의 머리를 베어 장대에 매달아 길거리에 내건 뒤에야 용사와 장사를 거느리고 합하가 계신 곳으로 갈 예정입니다. 사람들이 말하기를 산 속에 숨어있는 군사들이 합하께서 서신으로 저를 부르신다는 말을 듣고서 모두가 기쁜 마음으로 산에서 내려오다가, 중도에 또 감사가 김충민金忠敏을 이 고을 가장假將으로 삼았다는 말을 듣고서는 도로 즉시 도망쳐 숨었다고 합니다. 사람들의 마음이 모이고 흩어짐은 이로써도 또한 알 수가 있습니다.[6]

여기서 보면, 당시 그가 초유사의 부름에 응하여 길을 떠나려 하였다고는 하나, 이 보다 앞서 그에게 내려진 체포령에 대한 의구심을 여전히 떨치지는 못했던 것으로 보인다. 편지의 내용 중에, '용사와 장사를 거느리고 합하가 계신 곳으로 갈 예정'이라는 언질은 그가 단신으로 가는 위험을 무릅쓰지는 않을 것임을 넌지시 밝힌 것이다. 그리고 산중에 흩어져 있던 곽재우 휘하의 의병들이 초유사의 편지로 고무되어 다시 모이려 하였으나, 감사가 김충민을 의령 고을의 가장으로 임명했다는 사실을 알고는 다시 흩어졌다는 말은 당시 그가 여전히 신변에 대한 위협을 느끼고 있었음을 간접적으로 토로한 것이다. 여하튼 뒷날 망우당이 김수의 죄를 성토하고 그의 처단을 주장하는 격서 사건을 일으키기에 앞서 이미 이때부터 김수에 대해 강한 적개심을 품었고, 또한 자신의 신변에 대해서도 상당한 위협을 느끼고 있었음을 알 수 있다.

그러나 그는 초유사에게 편지를 보낸 직후 곧바로 단성에 있는 김성일을 찾을 수 있었다. 망우당이 김성일을 찾게 되는 것은 5월 중순 무렵으로 이때는 김수가 근왕병을 이끌고 경상도를 떠났기 때문이다. 원래 김수는 5월 중순 근왕차 경상도를 떠나기 앞서 5월 초순에도 한 차례 잠시 경상도를 벗어난 적이 있었다. 『정만록』에 의

---

6) 『忘憂集』 1권, 書, 上招諭使金鶴峯誠一書.

하면, 김수는 처음 근왕병을 이끌고 5월 6일 함양을 떠나 운봉에 도착하여 다음날 남원을 거쳐 상경하려다가 때마침 초유사 김성일을 운봉에서 만나 그의 권유로 근왕 계획을 보류하게 된다. 그래서 5월 8일 다시 함양으로 되돌아온 적이 있었고 이후 5월 14일에 재차 근왕병을 이끌고 경상도를 떠난다. 따라서 5월 8일부터 5월 14일까지의 시기는 경상감사와 초유사가 서로 만나 경상도 지역에서의 차후 작전 계획을 서로 협의할 수 있는 시기였다. 그리고 이 때 초유사와 감사는 곽재우와 그의 의병 부대를 어떻게 조처할지에 대해 어떤 형태로든 의논을 했을 것으로 보인다.

망우당은 전투복 차림으로 단성에서 김성일을 만나고 이어서 진주까지 동행하였다.[7] 그가 김성일을 만나 진

---

7) 망우당이 김성일을 만나게 되는 날짜와 관련해서는 이 무렵의 김성일의 행적을 살펴볼 필요가 있는데, 이와 관련해서는 기록에 따라 차이가 있다. 이로의 『龍蛇日記』에는 김성일이 함양에 도착한 날짜를 5월 4일로 기록하고 있으며, 10일에 산음으로 향하며, 산음에 도착한 후 이틀을 머물렀다가 장차 진주에 가기 위해 단성에 이르렀을 때 망우당이 찾아온 것으로 되어 있다. 『亂中雜錄』에는 김성일의 남원 도착일이 5월 4일이며, 5월 5일 함양을 향해 떠났다가 도중에 운봉에서 감사 김수를 만났던 것으로 되어 있으며, 또 함양을 떠나 산음에 도착한 날은 5월 20일로 기록되어 있다. 『征蠻錄』에 나타나는 김수의 행적에 의하면, 김수가 5월 7일 운봉에서 남원으로 향하려 할 때 남원에서 도착한 김성일을 만난 것으로 되어 있다. 그러므로 5월 8일경 함양에 이르렀을 것으로 짐작할 수 있는데, 바로 정경운鄭慶雲의 『孤臺日錄』, 5월 8일조에 김성일이 초유사가 되어 함양에 이르러 소모 유사를 정하고 또 곽재우

주까지 동행했던 사실은 분명하지만, 김성일의 촉석루
삼장사 시에 나오는 삼장사의 한 사람이 그인지 여부는
기록에 따라 차이가 있어 분명하지 않다.

여하튼 단성에서 김성일을 만나 진주까지 동행한 후
의령으로 돌아온 망우당은 이후 의병 활동을 활발히 전
개하게 된다. 그의 의병 부대가 군사 활동을 재개하게 되
는 5월 하순은 본도의 감사가 도내의 관군을 이끌고 근

에게 서신을 보낸 것으로 되어 있다. 이 때 정경운 자신도 소모 유
사가 되어 흩어진 군졸을 소집하는 일을 맡게 되었다고 하므로 김
성일이 함양에 이르는 일자는 5월 8일이 정확하며 이와 관련해서
는 『난중잡록』과 『용사일기』의 기록이 잘못되었다고 하겠다.

초유사 김성일의 장계(『선조실록』)

왕을 칭탁하여 본도를 떠난 시기이기도 하였다.[8] 즉 경상 감사 김수를 지휘관으로 하는 공적인 지휘 본부가 본도를 떠난 시기에 맞물려 초유사 김성일이 본도에 이르렀고, 이로부터 초유사의 지휘 하에 의령을 비롯해서 경상우도 여러 고을의 군사 활동이 전개되었던 셈이다. 당시 도망하거나 흩어진 장졸들을 효유하여 군사 조직을 재건하기 위해서는 지역에 따라서는 사정상 의병장 중심의 군사 조직을 유지하는 것이 불가피하였다. 이런 이유로 김성일은 도임 초 해체될 위기에 직면한 곽재우 의병 부대의 군사적 활동도 이를 공인하는 조처를 취하였던 것이다.[9]

당시 김성일은 곽재우를 전적으로 신뢰하지는 않았다.

8) 『孤臺日錄』, 임진 5월 6일조에 의하면, 김수의 근왕병이 5,000여 명이었던 것으로 기록하고 있고, 5월 10일자에는 김수가 근왕하러 가다가 도중에 김성일을 만나 다시 함양으로 왔는데, 당시 김수의 근왕병 수가 극히 적어 이름이 근왕일 뿐이라고 하였다.

9) 경상우도에 있어서 임란 초기 지역별 상황을 보면 거창, 고령, 성주, 합천, 초계, 의령, 삼가 지역이 의병장이 지휘하는 지역이었던 반면, 이들 지역을 제외한 다른 지역의 경우 수령이 휘하 군사를 지휘하는 체제가 대체로 유지되었던 것으로 나타나고 있다.

그가 행조에 올린 장계를 보면, 단성현에서 처음 만난 망우당에 대해서 다음과 같이 말하고 있다.

> 그 사람은 비록 담력과 용맹은 있으나 심원한 계책이 없으며 또 당치도 않게 큰 소리를 치며, 패주한 수령이나 변장 등의 소식을 들으면 꼭 참수하라고 하며 심지어는 감사와 병사에 대해서도 불손한 말을 많이 하여 그를 비방하는 말이 비등하여 미친 도적으로 여기기도 합니다. 그러나 이런 위급한 때를 당하여 이런 사람을 잘 다루어 쓰면 도움이 없지 않을 것이기에, 즉시 동현同縣으로 보내 돌격장突擊將으로 칭호하여 그로 하여금 왜적들을 공격하게 하였습니다.[10]

김성일은 곽재우에 대한 자신의 느낌과 당시의 정황을 이렇게 피력하였을 뿐만 아니라 또한, "저는 비록 그의 거친 것을 의심합니다마는 격려하고 권장하여 힘을 다하도록 하여 서서히 그의 소위를 살피겠습니다"라고 하였다. 이로써 이즈음 그가 곽재우와 그의 휘하 군사의 정체에 대해서 여전히 반신반의하고 있었음을 알 수 있다.

한편 김성일의 장계에 따르면 그가 곽재우를 부른 배경에는 감사 김수가 개재되었던 것으로 나타난다. 당시 의령 토적 정대성의 처형에 이어 합천 군수 전견룡田見

---

10) 『선조실록』 27권, 25년 6월 병진.

龍의 보고에 따라 곽재우에 대한 체포령이 내렸을 때, 도사都事 김영남金穎男이 망우당은 도적이 아니라고 옹호함으로써 김수는 전견룡의 말을 믿지 않았다고 한다. 오히려 김수는 김성일로 하여금 그를 초유하도록 조언하였고, 이 조언에 따라 김성일은 즉시 공첩을 보내어 곽재우를 부르게 되었다고 한다.

김성일이 장계에서 언급한 이러한 설명에 대해서는, 실록의 사관이, "김수가 전견룡의 말을 믿지 않았다는 것은 그럴 리가 없다"라는 토를 달아 이를 의문시하였다. 그러나 당시 곽재우 부대의 관물 남취 사건에 대한 조치는, 김성일의 장계에 나타나듯이, 경상감사와 초유사가 같이 의논하여 취한 조처로 보아 무방할 것 같다. 뒷날 김수가 경상감사에서 체직되어 한성판윤이 되었을 때, 선조가 그를 인견하는 자리에서 곽재우의 인물됨에 대해서 물은 적이 있었다. 이에 김수는, "신이 그 사람을 만나보지는 못했지만 대체로 그 사람됨이 평범하지는 않습니다. (중략) 누구 보다 먼저 기의하여 4월 20일 사이에 기병하였는데 처음 기병할 때 사람들이 의심했었지만 저는 의심하지 않았습니다"라고 대답하였다.[11] 이러한 김수의 대답에서도 이같은 사실을 확인할 수 있다.

---

11) 『선조실록』 32권, 25년 11월 신사.

6

정암진 전투

    초유사 김성일에 의해 곽재우의 의병 활동이 재개될 무렵부터는 의령뿐만 아니라 인근의 고을에서도 의병 부대가 조직되어 군사 활동이 개시된다. 이렇게 각 고을마다 조직된 의병 부대의 주된 활동은 자신들의 고을을 스스로 지키는 것이었다.

    곽재우 의병 부대의 이 시기 군사 활동 또한 자기 고장을 지키는 것이었다. 그리고 당시 그의 의병 부대는 왜군의 움직임과 관련해서 의령 접경의 낙동강 방면을 주된 작전 지역으로 하였다. 곽재우 의병 부대가 당시 의령 접경의 낙동강 방면을 지키고 있는 것에 대하여 이로의 『용사일기』에는 다음과 같이 의미를 부여하고 있다.

    재우는 병세兵勢가 사못 떨쳤으므로 모두 즐겨 가세하였다. 군사를 지산砥山에 주둔시켜 강을 따라 수십리 사이에 포진

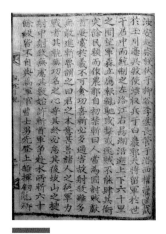

곽재우 의병 부대의 활약상을 기록하고 있는 『용사일기』

하여 강좌의 적을 막아내니 적이 낙동강을 건서 서쪽으로 가지 못하여 한 갈래는 울산으로부터 경주·영천·신녕·의성·인동 길을 취하고 한 갈래는 밀양으로부터 영산·창녕·현풍·성주·개녕 길을 취하여 곧장 서울에 진격하였다. 경주·영천·밀양·대구·성주·현풍·선산·개녕·김산·상주·등지를 나누어 점거하고 진영을 천리에 연결하여 앞과 뒤가 서로 의각犄角의 태세를 취하면서도 낙동강을 건너지는 못하였다.[1]

즉 왜군이 부산을 침공한 이래 파죽지세로 북상하면서도 경상좌도 쪽의 루트만을 따라 이동하였던 것은 곽재우 의병부대가 이곳을 지켰던 때문이라는 것이다. 그리고 이로는 얼마 뒤 초유사 김성일의 명을 받아 의령 지역의 부대를 점검한 뒤 돌아와 의령 지역의 군사 활동 현황과 고을 사정을 또한 다음과 같이 보고하기도 하였다.

의령에서는 윤탁尹鐸이 삼가군을 거느리고 용연龍淵에 주둔하고, 심대승은 본 고을 군사를 거느리고 장현長峴에 주둔하

---

1) 『용사일기』 12엽.

고 심기일沈紀一은 정호鼎湖의 배를 지키면서 강을 건너는 것을 기찰하고 안기종安起宗은 유곡柳谷에서 복병을 설치하고 이운장李雲長은 낙서洛西를 관장하고 권란權鸞은 옥천玉川臺를 방어하고 목사 오운嗚澐은 백암白巖에서 병력을 모으고 곽대장은 세간에 군대를 주둔시켜 가운데서 통제하고 있었습니다. 좌로는 낙동강, 우로는 정호 연변의 상하 60리에 망보는 군인을 빽빽이 두어서 정보가 있으면 바로 달려가서 혹은 공격하고 혹은 축출하니 왜적이 함부로 날뛰지 못하여 남아 있는 백성들이 믿고 농사를 지을 수 있게 되었습니다.[2]

곽재우의 지휘 하에 이루어진 이러한 향토자위적 성격의 군사 활동은 곽재우 의병 부대가 군사 활동을 재개하는 5월 말부터 6월 말까지의 시기에 걸쳐 나타나며, 임진전란사에 빛나는 정암진 전투도 이 시기에 있었던 것이었다.

곽재우 의병 부대가 군사 활동을 재개하게 되는 5월 하순 무렵은 김해, 창원에 잔류한 왜군이 전라도로 이동하기 위하여 의령 방면의 침입을 본격적으로 개시하는 시기이기도 하였다. 따라서 정암진 전투는 왜란 초기 의령 방면으로 진출하려는 비교적 대부대의 왜군의 침입

---

2)『용사일기』19-20엽.

정암진전투화

기도를 처음으로 좌절시켰다는 점에서 커다란 의미를 지닌다. 또한 이 전투는 향토자위적 성격의 단위 부대가 비교적 규모가 큰 왜군을 상대로 구체적 접전을 통하여 격퇴했다는 데서 의의가 크다.

정암진 전투의 일자에 대해서는 대개 5월 말 6월 초로 어림잡기도 하지만, 이 전투의 중요성에 비추어 보다 구체적인 일자에 접근해 볼 필요가 있다. 다음은 초유사 김성일이 진주에서 성첩하여 운봉현감에게 보낸 비밀 전통의 일부 내용으로 5월 말경 김해, 창원에 있던 왜군의 동향을 알려주고 있는 기록이다.

늙은 호장戶長 황중명黃仲明이 5월 22일에 작성한 고목告目에 "본 고을에 남아있는 왜인은 200여 명이나 늘상 동네에 머무는 왜적은 백여 명입니다. 이들은 때를 지어 횡행하면서 쌀과 포목, 잡다한 물건을 죄다 가지고 갑니다. (중략) 이 달 22일 김해에서 온 왜적의 말에 의하면 당일 부府에 들어온 자가 900여 명이며, 전라감사, 어사, 도사, 찰방 행차라고 칭하면서 그 도에 갔다 오려고 또 부府에 연이어 머물러 있기도 하며 함안, 의령, 삼가, 단성, 산음, 함양, 운봉, 임실, 전주에 미리 글을 보내어 그 곳을 향해갈 것을 차례로 전통하였습니다(하략)"라고 되어 있으니 참고하시오. 왜적이 미리 큰소리치는 것을 믿을 수는 없다고 하나 우리나라 늙은 아전이 방금 왜적 가운데서 왜적들이 하는 바를 본 것이 이러하니, 이 고목과 같다면 왜적이 전주로 향하려는 계획은 거짓이 아닌 것 같습니다.[3]

즉 5월 22일 무렵 김해에는 전라감사, 어사, 도사, 찰방 행차라고 칭하는 왜적이 전라도에 가기 위해서 미리 통지문을 함안, 의령, 삼가, 단성, 산음 등지에 차례로 보내고 있다는 것이다. 이 무렵 김성일은 또한 함안 가장假將 이향李享으로부터 "전라감사라고 칭하는 왜적이 이미 함안, 의령, 정진에 도착하였다"라는 보고를 받았다고 하여 황중명의 고목이 과연 거짓이 아니라고 덧붙이기도 하였다.[4] 그러므로 정암진 방면에서 왜군과의 대치가

---

3) 『亂中雜錄』 1, 임진 5월 20일조.

솥바위(鼎巖)

이루어지는 일자는 5월 22일 가까이의 이후 어느 시점일
듯하며, 따라서 정암진에 쇄도하는 왜적의 침입을 격퇴
하였다는 다음 『난중잡록』 5월 26일조의 다음 기록이 신
빙성이 있는 것으로 보이기도 한다.

전라감사로 칭하는 왜적이 의령의 정진으로 쇄도하였는데,
곽재우가 의병疑兵을 설치하여 격퇴하였다.[5]

4) 『亂中雜錄』1, 상동조.
5) 『亂中雜錄』1, 임진 5월 26일조.

정암진에 쇄도한 왜군은 고하야가와 다가가게(小早川隆景) 휘하의 안고꾸지 에게이(安國寺惠瓊)의 부대로 이들 왜군은 전주에서 본대와 합세하기 위하여 이 무렵 의령을 통과하려 하였다. 당시 정암나루 부근의 벌판은 진흙이 많아서 왜군은 미리 정찰병을 보내어 건조한 곳에 말뚝을 꽂아 도강할 지점을 정하였다. 이를 정탐으로 보고받은 망우당은 밤 사이에 군사를 풀어 나무 푯말을 늪지대로 옮겨 꽂아 두고 정암진 요소요소와 숲에 군사를 매복시켜 두었다. 다음날 도착한 왜군 선발대가 강을 건너기 위해 푯말이 있는 늪지대 쪽으로 들어가 허우적거리자 이를 매복하고 있던 우리 의병이 손쉽게 섬멸하였다.

망우당은 또한 정암 나루 쪽으로 도강한 왜군 주력에 대해서도 미리 대비책을 마련해 두었다. 당시 정암진으로 진격한 왜군의 주력을 상대로 구사한 곽재우의 전술에 대해 이덕무李德懋(1741~1793)는 다음과 같이 기록하고 있다.

왜적의 대군이 이르자 곽재우는 군사가 적어서 적을 당할 수 없음을 헤아리고 굳센 장수 10여명을 뽑아 백마를 타게 하고 붉은 전포를 입히고 '천강홍의장군기天降紅衣將軍旗'를 세우고는 나누어 산골짜기 깊숙한 곳을 지키게 하였다. 곽재우가 먼저 적진을 치고 유인하니 왜적의 무리들이 추격하는데 총탄이 비 오듯 했으나 미치지 못하였다. 곽재우가 수풀 사이 이곳저곳에서 나타나니 적이 놀라고 의심하는데 또 다른 붉은 전포를 입고 백마를 탄 사람이 높은 봉우리 깎아지른 절벽 사이에서 번개같이 나와 어지럽게 돌아다니는데 그 수를 헤아릴 수 없었다. 왜적은 더욱 놀라고 의심하여 귀신으로 여겨 감히 가까이 오지 못했는데 곽재우가 마침내 숲속에서 나와 활을 난사하여 왜적을 섬멸시켰다.[6]

그야말로 전대미문의 전술이라 아니할 수 없다. 망우당은 적은 병력으로 다수의 왜군을 상대로 평야전은 승산이 없다고 판단하여 왜군을 산곡으로 유인하는 작전을 구사하였다. 그리고 유인에 성공한 뒤에는 위계와 교란, 기습과 포위 등 신출귀몰한 유격 전술을 현란하게 구사하여 다수의 왜적을 궤멸시켰던 것이다.

5월 말경 정암진을 거쳐 의령을 지나 전라도로 진출하려던 기도가 곽재우의 방어로 좌절되자, 왜군은 이후 침입로를 바꾸었다. 이들은 북상하여 영산과 창녕을 거쳐 현풍에 이르러 이곳에서 장차 낙동강을 건너려 하였다. 이 때문에 다시 곽재우 의병 부대는 한동안 낙동강을 격하고 현풍의 왜군과 다시 대치하였다. 그러나 이내 왜군은 낙동강을 건너 우도로 침입하려는 계획을 포기하고

---

6) 『청장관전서』 20권, 홍의장군전.

성주 쪽으로 물러났던 것으로 나타난다. 이를 알려주는
기록이 『난중잡록』 6월 6일조의 다음 기록이다.

　　왜선 18척이 쌍산역(현풍 북쪽 15리에 있음)으로부터 올라왔
　　다. 자칭 정승 안국사安國寺의 행차라고 하면서 가야산을 탐
　　방하려 한다고 하였는데 이는 전일 전라감사라고 칭하면서
　　창원에서 미리 연락문을 보냈던 자였다. 정진에 이르러 곽재
　　우에게 퇴각당하자 영산·창녕을 지나 장차 기강을 건너고
　　자 하여, 호남으로 가려는 전라감사의 행차로 칭하면서 또
　　미리 연락문을 보내며 맞이하라고 하였다. 초계와 의령 등
　　지의 백성들이 두려워 산에 숨어 나오지 않았다. (중략) 곽
　　재우가 또한 치달아 적의 선두에 이르러 백성들을 이끌어
　　내고 의리로서 설득하고 창고를 풀어 군사들에게 먹이고
　　군율을 엄히 하여 준비를 갖추자 왜적이 곽의 군대가 엄정
　　함을 보고(중략) 건너지 못하여 물러나 쌍산을 거쳐 성주로
　　향하였다.[7]

　즉, 앞서 정암진에서 곽재우에 의해 퇴각당한 왜군은
침입로를 바꾸어 이후 영산·창녕을 지나 현풍 쪽에서 기
강을 건너 우도로 진출하려 하였으며, 이러한 기도 역시
곽재우 의병부대에 의해 무산되어 마침내 6월 6일경에는

7)『亂中雜錄』1, 임진 6월 6일조.

뱃길로 쌍산역을 떠나 성주로 향하였다는 것이다. 이 때 망우당은 성주의 안언역까지 왜적을 추격하여 왜군과 전투를 벌이기도 하였으나 수적인 열세로 겨우 왜군 몇 명만을 살상하고 물러났다.[8]

따라서 김해를 떠나 함안에 까지 이른 왜군의 부대가 의령 방면으로의 침입을 꾀하던 시기는 5월말 경부터 6월초까지 대략 10여 일간의 시기에 걸쳐서라고 할 수 있다. 이 10여일의 기간 동안에 소위 '정암진 전투'라고 할 수 있을 만한 실질적 전투는 위 5월 26일자에서 보듯이 "정진에서 의병疑兵을 설치하여 격퇴하였다"라고 하는 사실을 두고 말하는 것으로 밖에 볼 수 없다. 정암진에서 곽재우 의병 부대에 의해 퇴각당한 왜군이 뒤이어 영산·창녕 및 현풍 쪽에서 기강을 건너 우도로 진출하려던 기도는 이렇다할 전투가 있었다고 보기 어렵고 이 경우는 전투 지역을 정암진이라고 할 수 없다.

정암진 전투에 대해서는, 위 『난중잡록』 5월 26일자에 "정진에서 의병을 설치하여 격퇴하였다"라는 짤막한 내용의 기사를 제외하고는, 임란 당시의 일기류나 관찬 연대기류에서 이 밖에 달리 구체적 기록을 찾을 수 없다. 다만 『망우집』에 부록된 '용사별록'이나 이덕무李德懋의 『청장관전서』에, 전투 일자에 대한 언급이 없이, 당시

---

8) 『亂中雜錄』 1, 임진 6월 6일조.

정암진 쪽을 도강하려는 왜장 안국사 부대의 도강 작전과 이를 미리 간파한 곽재우 의병부대의 신출귀몰한 유인 작전과 당시의 전술이 비교적 소상히 소개되고 있다.

망우당이 사용하던 장검

　곽재우 부대의 작전 지역이 지켜짐으로 해서 이후 경상우도에서 왜군과의 접전은 의령 이북의 무계·안언·성주 방면과 그 인근의 우두령·거창 등에서 이루어졌다. 이곳은 고령 의병장 김면金沔 부대와 합천 의병장 정인홍鄭仁弘 부대의 작전 지역이었다.

　정암진 승첩은 곽재우 의병 부대가 기병 초기에 기습 작전 등을 통해 왜선 따위를 격퇴하였던 것과 비교해 볼 때, 무엇보다도 특정 지역에의 침입을 실질적인 군사적 대치와 구체적인 접전을 통해 격퇴하였다는 점에서 의의가 크다. 이 전투는 의령 접경의 낙동강-남강 전선에서 아군과 왜군 간에 구체적인 접전을 통하여 거둔 최초의 승전이었으며, 이로써 의령을 통과하여 전라도로 진출하려던 왜의 작전 계획에 큰 차질을 안겨주었다.

　정암진 승첩 이후에도 곽재우 의병 부대의 주 활동 무대는 여전히 낙동강 방면이었다. 이후의 군사 활동 가운데 구체적인 전적이 전하는 것은『난중잡록』, 6월 17일조의 다음과 같은 것이다.

낙동강에 왜적의 배가 위에서 아래로 흘러오다가 두 척은 침몰하고 한 척은 노를 풀어두고 내려갔다. 곽재우가 배 전체를 포획하여 27급을 목 베었다. 배에 실려 있는 것이 모두 궁중 보물이었고 태조太祖가 신었던 신발도 또한 있어 곧 이것을 초유사에게 보내었다.[9]

즉, 5월 말부터 6월에 걸쳐 정암진과 인근의 낙동강을 건너 경상우도로 진출하려는 왜군의 침입을 성공적으로 물리친 곽재우 의병 부대는 이후에도 낙동강 방면에 출몰하는 왜선과 왜군을 공략하는 등 종래의 군사 활동을 여전히 계속하였음을 확인할 수 있다.

---

9) 『亂中雜錄』 1, 임진 6월 17일조.

7

격서 사건

망우당은 왜란 전만 하더라도 의령에 살던 유학幼學 신분의 일개 유생에 불과하였으나 임진왜란이 발발하자 가장 먼저 의병을 일으켜 조정의 주목을 받았다. 또한 그는 의병 활동 중 경상감사 김수의 왜란 초기의 무능한 대처와 부당한 도피 행각에 대한 책임을 물어 그를 처단할 것을 요구하는 격문을 김수의 군영에 보내고 또 인근 고을에도 이를 통문함로써 커다란 물의를 일으켰다. 그의 이러한 행동은 김수 측으로부터 '반적叛賊' 내지는 '역적'의 혐의로 조정에 보고되었고, 그에게 우호적이었던 초유사 김성일로 부터도 '발호跋扈' 혹은 '불궤不軌'의 행위로 질책을 받는 등 한 때 그 자신 커다란 위기에 봉착하기도 하였다.

격서 사건은 경상감사 김수가 본도로 되돌아온 뒤 얼

마 뒤에 발생하였다. 김수의 행적을 그를 수행하던 영
리營吏 이탁영李擢英의『정만록』을 통해서 살펴보면, 그
가 근왕을 칭탁하여 경상도를 떠나 남원에 도착한 날이
5월 16일이며 함양으로 되돌아온 날짜는 6월 17일로 나
타난다. 그러므로 그는 대략 한 달여 기간을 경상도를 떠
나 있었던 셈이다.[1]

김수는 6월 17일 저녁 함양에 도착한 이후 6월 21일
안음을 거쳐 거창에 도착하였는데 당시 이곳에는 김성일
이 머무르고 있었다. 김수는 다음날 침류정에 올라 김성
일과 만난 후 초저녁에 산음으로 향하였고 다음날 6월
23일 산음에 도착하였다. 그리고 6월 23일 이후 한동안

---

[1] 참고로『征蠻錄』을 통하여 김수의 행적을 일자별로 정리하면 다음
과 같다. 김수는 5월 6일에 함양을 떠나 운봉에 도착하며, 5월 7일
남원으로 향하려 할 때 남원에서 온 김성일의 권유로 근왕 계획을
보류하게 된다. 5월 8일 다시 함양에 돌아온 그는 곧 안음으로 향
하며, 안음에서 비 때문에 6일을 머물었다가 5월 14일에 다시 함
양으로 되돌아 와서 여기서 하루를 머문 다음 5월 16일에 남원에
도착하였다. 그는 이후 왜군에 의해 패퇴하여 경상도로 되돌아오
게 되는데 그가 경상도(함양)에 돌아온 날짜는 6월 17일 저녁으로
확인된다. 김수는 6월 18일 하루를 함양에 유하였다가, 그 뒤 함양
을 떠나 안음현에 이르며, 6월 21일에는 다시 안음을 떠나 저녁에
거창에 도착하였고, 이튿날인 6월 22일 침류정에 올라 당시 거창
에 주병하고 있던 김성일을 만나며, 이 날 저녁에는 다시 거창을
떠나 야 2경에 사근역에 도착하고, 이튿날인 6월 23일에 산음에
도착하며, 이후 6월 29일까지 여기서 유하였다. 7월 1일 왜군의 동
향이 심상치 않다는 정보를 듣고 함양으로 물러나며, 여기서 7월
3일 의령 의병장 곽재우의 격서를 접하게 되며, 7월 4일 곽재우의
일을 조정에 치계하였다.

이 곳에 머물다가 왜군의 동향이 심상치 않다는 보고를 받고 7월 1일에 함양으로 지휘소를 옮기게 되는데, 이곳에서 7월 3일에 곽재우의 격서를 접하게 된다. 김수가 본도로 돌아온 이후 10여일 이상 기간 동안 이렇다 할 마찰이 없었다가 이즈음에 이르러 곽재우의 격서가 김수 진영에 날아들게 되는 사정을 살펴볼 필요가 있다.

김수와 곽재우 사이의 알력은 여러 요인이 복합적으로 작용한 것이었지만 원천적으로는 김수를 수장으로 하는 지휘 체제를 곽재우 쪽에서 거부하면서 야기된 사건이었다.[2] 그리고 그것은 초유사의 지휘권과도 관련되어 있었다. 원래 초유사는 전란으로 흩어진 병력을 수습하고 민중을 깨우쳐 군사 조직을 재정비하는 임무를 띤 임시적 직책이다. 그러므로 본도의 감사가 없는 공간에서는 지휘권의 발동에 혼선이 없겠으나 감사가 본도에 돌아오게 되면 직책 수행에 제약이 따르게 된다. 김수가 본도를 떠나 초유사 김성일이 온 도내 관군을 전관專管하려 할 때에도 경상도 병마사 박진朴晉과 같은 이는, "본도의

---

2) 『鶴峯集』, 附錄, 年譜에, "처음 감사 김수가 열읍에 글을 띄우니 군병으로서 의병에 속한 자가 많이 이탈하여 의병이 궤열되어 여론이 크게 들끓었다. 재우가 격서를 보내어 그를 목 베려고 하니 선생이 글을 보내어 의리로서 효유하여 재우가 크게 감동되어 곧 진주를 구원하러 떠났다"라고 하는 데서도 당시 곽재우와 김수 간의 알력에는 의병의 지휘권에 관한 문제가 개재되었음을 알 수 있다.

군사를 본인이 통제해야 합니까? 초유사가 통제해야 합니까? 반드시 먼저 이 문제를 논하여 결정한 뒤에야 일이 하나로 귀착되겠습니다"라고 김성일에게 회보하여 김성일의 분노를 산 적도 있다.[3]

이 때문에 이미 조정에서는 5월 말경 김수의 교체 문제를 거론하였고, 마침내 6월 1일 경상도를 좌도와 우도로 나누어 김수는 경상우도 감사로 그대로 둔 채 김성일을 경상좌도 감사로 임명하는 조처를 취하였다. 그러나 김성일을 경상좌도 감사에 임명한다는 통지가 본인에게 이른 것은 두 달이 지난 8월 11일 경이었다.[4] 이때는

---

3) 『선조실록』 권27 25년 6월 병진

4) 『宣祖實錄』 29권 25년 8월 갑오 조에는, 김성일을 경상좌도관찰사에, 韓孝純을 경상우도관찰사에, 김수를 한성부판윤 제수한 것으로 되어 있으나, 『宣祖實錄』의 이 기사는 김성일을 경상우도관찰사, 한효순을 경상좌도관찰사에 제수된 것을 잘못하여 거꾸로 기록한 것이다. 김성일은 8월 갑오에 우도관찰사로 임명되기에 앞서 6월 1일에 경상좌도관찰사에 임명되어 있었다(이 때의 6월 1일자 敎書는 현재 김성일의 유물을 전시하고 있는 雲章閣에서 확인됨). 『鶴峯集』, 年譜에 따르면, 8월 11일에 좌관찰의 임명장이 이르렀고, 9월 4일에 우관찰의 除命을 받으며, 9월 19일에 거창에서 舊觀察 김수와 만나 印信을 인수받는 것으로 되어 있다. 『정만록』에 의하면 이탁영은 김성일의 좌도감사 배임 소식을 7월 28일에 알게 되며, 7월 29일에 거창에 가서 그곳에서 김성일을 만나고 있다. 그는 8월 6일 김수를 이별하고 길을 나서 8월 9일 의령의 김성일을 다시 찾아 이후 그를 배행하였다. 그 후 김성일을 수종하던 이탁영은 8월 20일에 합천에서 온 김수를 초계에서 다시 만나고 9월 4일에 낙동강을 건너 좌도로 가게 된다. 『정만록』에는 9월 7일부터 10일까지의 기록이 빠져 있는데 9월 11일에 김성일이 안동에서

이미 격서 사건이 수습이 된 뒤였다.

여하튼 김수는 본도로 돌아온 이후 의병 부대를 흡수하여 자신을 중심으로 하는 지휘 체계를 다시 발동하려 하였다. 이는 도내의 여러 의병 부대 가운데 특히 곽재우 의병 부대의 반발을 크게 불러 일으켰다. 망우당이 김수에게 보낸 격서에는 김수의 죄를 여덟 가지 죄목으로 열거하고는 있으나, 이 가운데 그가 김수에게 보낸 격서의 핵심은 감사의 지휘권 발동에 관한 것이었다.

김수를 성토하는 격서(『망우집』)

다행히 초유사가 충성심을 격발하고 의기를 고무하여 사방에서 의병이 일어나게 만들어 동지들이 목숨을 내놓게 된 덕분으로 사람들의 마음이 좀 가라앉고 성세가 자연 커져서 역내 왜적을 깨끗이 소탕하여 임금을 뫼시고 돌아올 날을 기약할 수 있게 되었는데, 너는 부끄러움을 잊고 치욕을 참고서

돌아오는 것을 피난소에서 맞이하여 이후 그를 다시 배행하다가 9월 19일 새 감사(韓孝順)를 내알한 이후 김성일과는 헤어져, 9월 20일 새 감사를 배행하여 안동으로 향하는 것으로 되어 있다. 그러므로 『정만록』에 보이는 김성일의 일별 행적은 『학봉집』, 연보의 내용과 약간 차이가 있음을 알 수 있다.

얼굴을 쳐들고 다시 와서 호령을 내고 지휘권을 발동해서 의
병들로 하여금 흩어지려는 마음을 갖게 하여 초유사가 다 이
룩한 공을 망치게 만들었은즉 이전의 악은 이미 지난 일이라
하더라도 지금의 죄는 용서할 수 없다.[5]

그는 김수에게 격서를 보내는 한편 도내 여러 고을에
도 김수의 처단을 주장하는 통문을 돌려, "김수는 바로
나라를 망친 큰 역적이니 춘추의 대의로 그 죄를 논한다
면 사람마다 그를 죽일 수가 있다"라고 주장하였다. 이로
써 격서 사건은 심각한 양상으로 진행되었다.

김수의 환도 이후 지휘권의 발동으로 발생한 이 격서
사건은, 이처럼 망우당이 김수 진영에 보낸 격문과 여러
고을에 김수를 성토하는 내용의 통문을 보냄으로 발발되
었다. 이에 김수 측에서도 곽재우를 역적으로 지목하여
행조에 장계를 올리고 곽재우에게도 같은 취지의 격서를
보내게 되면서 사태가 심각한 양상을 띠게 되었다. 이즈
음 김수 쪽에서 행조에 올린 장계에는 사태의 발단과 지
휘권 문제에 대해 다음과 같이 변명하고 있다.

신이 군사를 거느리고 근왕한 것은 "급히 서둘러 경내를 정
리하고 와서 지원하라"는 명을 삼가 받든 것입니다. 그러니

---

5) 『망우집』 권17, 文, 檄巡察使金睟文.

영남을 왜적에게 버려둔 채 운봉을 넘어 전라도로 들어가면서 근왕을 칭탁한 것으로 신의 죄를 삼는 것이 이상하지 않습니까. 부끄러운 줄도 모르고 얼굴을 들고 다시 돌아와서는 호령 절제를 발하여 의병으로 하여금 흩어지려는 마음을 품게 하고 초유사가 이룩한 공을 무너뜨리려 한다고 신의 죄로 삼습니다. 무릇 정인홍, 김면 등이 의병을 일으킴에 있어서는 모든 계책을 조목조목 개진하여 서로 오가며 상의하였고 군량이나 군기를 마련하거나 문서 전달에 관련된 사항은 모두 신에게 자문을 보내고서 처리하였습니다. 합천 의병장 손인갑은 신이 차정한 사람으로 그 처사가 조용함이 참으로 재우와 같이 황당한 자에 비할 바가 아닙니다. 신이 본도로 돌아온 후 무릇 온갖 대소사를 하나하나 문서로 알렸고 다른 곳 의병들 또한 이와 같이 하지 않은 곳이 없으니 만약 티끌만치라도 흩어지려는 마음을 품었다면 어찌 기꺼이 이렇게 하였겠습니까. (중략) 하물며 남아있는 여러 장수를 거느리고 의병을 규합하여 군현을 수복하고 위난한 나라를 구하라는 성지가 간절합니다. 소위 의병이라는 것은 신이 호령 절제하는 것이 어째서 불가하다고 이와 같이 말하는지 그 마음을 알기는 어렵지 않습니다.[6]

이상은 김수의 장계 가운데 망우당이 격서에서 그의

---

6) 『亂中雜錄』 1, 임진 6월 17일조.

김수를 성토하는 내용의 통문
(『망우집』)

환도 이후 의병이 해산하려고 한다는 것에 대해 그가 변명한 내용 부분이다. 위의 내용으로만 본다면 곽재우 의병 부대만이 김수와의 협조 관계가 원활치 못하였던 것으로 나타나고 있다. 인근의 정인홍이나 김면 의병 부대의 경우만 하더라도 온갖 대소사를 그와 상의해서 결정할 뿐만 아니라 문서상 연락 관계를 긴밀히 유지하고 있다는 것이고, 이는 여타 의병 부대의 경우도 마찬가지라는 것이다. 그러나 표면적으로는 그러했는지 모르나 당시 김수는 임란전 감사로서의 실정으로 인심을 크게 잃고 있었고, 또한 임란 초 도내 최고 지휘권자로서의 무능한 대처로 말미암아 도내 사람의 공분을 사고 있었다.[7]

김수 측의 장계와 격서로 사태가 심각한 양상을 띠게 되자, 이후 곽재우를 비호하는 윤언례尹彦禮와 박사제朴

---

7) 『亂中雜錄』,『孤臺日錄』,『龍蛇日記』 등을 통해서 볼 때 이 때의 격서 사건과 관련해서 도내 사람들은 대개 곽재우의 입장에 동정적이었던 것으로 나타난다.『瑣尾錄』에서는 곽재우의 군공을 높이 평가하면서도 이 때의 격서 사건에 대해서만은 그의 이러한 행동은 왜적이 잔존하고 있는 상황에서 자중지란을 야기하는 일이며 일개 선비가 조정의 명을 기다리지 않고 도주를 목베려 하는 일은 온당치 못한 일로 비판하고 있기도 하다.

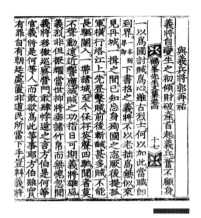

격서 사건 직후 초유사가
곽재우에게 보낸 서신(『학봉집』)

思齊의 통문이 여러 고을에 전달되었고, 망우당 자신도
격서 사건의 전말을 해명하는 상소를 행조에 올렸다. 한
편 김성일이 망우당의 과격한 행동을 질책하고 회유하는
서신을 그에게 보내었고, 당시 거창 의병장으로 활동하
며 도내에서 명망이 높았던 김면도 또한 망우당의 과격
한 행동을 훈계하는 서신을 보냈다. 이로써 사태가 진정
되기 시작하였다.

한편 조정에서는 격서 사건 발생 후 한 달이 지난 8월
초순 경 김수의 장계를 보고 사태의 심각성을 알게 되었
다. 선조는 몇몇 신하를 인견하는 자리에서 "곽재우가
김수를 죽이려고 하는데, 이는 자신의 군사를 믿고 죽
이려는 것이 아닌가"라고 그를 의심하였다.[8] 그러면서
도 "김수를 체차遞差할 수도 곽재우를 견책할 수도 없다"

격서사건에 관한 초유사 김성일의 장계(『학봉집』)

라고 하여 마땅한 해결책이 없음을 토로하였다. 이 때 윤두수가 김성일로 하여금 화복禍福으로 곽재우를 타이르는 방안을 제시하고, 동시에 김성일을 경상우도 감사로 임명하고 김수를 한성판윤으로 불러들이는 조처를 취하게 되었다.

그러나 김수의 장계에 뒤이어 얼마 뒤 김성일의 장계를 접하고서야 조정에서는 어느 정도 안심하였다. 김성일의 장계는 곽재우의 행동을 역적의 소행으로 보고한 김수의 장계와는 자못 논조가 다른 것이었기 때문이다.

재우가 일개 도민으로 도주道主를 범하려 하고 심지어 그의 죄를 성토하여 격문을 보내었으니, 비록 나라를 위해 분노하여 이 지경에 이르렀다고는 하지만 형적이 난동을 부리는 백

8)『선조실록』29권, 25년 8월 갑오.

성이 된 바에는 곧 토죄해 없애야 마
땅합니다. 그러나 재우는 온 나라가
함몰한 후에 고군분투로 왜적을 격파
하여 도내의 남은 백성들이 그를 간성
으로 의지하고 있는데, 지금 난언 때
문에 곧 주륙을 가한다면 남은 성을
보존하고 왜적을 방어할 계책이 없어
지고 군사와 백성들은 그의 죄를 알
지 못한 채 일시에 무너져 흩어질 것
입니다.[9]

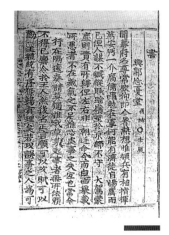

김수를 성토하는 내용의 통문
(『망우집』)

김성일의 장계를 접한 조정에서는 "곽재우가 행한
일을 보면방외方外 사람의 행위와 같다"라고 하면서
도, "현재 의병을 일으켜서 길을 막고 죽인 왜적이 매우
많은데도 자신의 공을 스스로 말하지 않으니 5품의 관직
을 제수하자"는 무마책을 내어 사태의 추이를 일단 관망
하기로 하였다.[10] 이 때 그에게는 정5품직의 형조정랑이
제수되었다.

당시 비변사 관문으로 하달된 조정의 조치는, 곽재우
의 공적을 칭찬하고 그의 성품을 이해하여 이 사건이 의

9) 『鶴峯集』 3권, 狀 申救郭再祐狀.
10) 『선조실록』 29권, 25년 8월 계묘.

분으로 말미암아 발생한 것으로 인정하는 한편, 김수에게 비록 죄가 있다고 하더라도 그에 대한 조치는 조정에서 할 일이니 사려있는 행동을 하라는 경고의 내용이 포함되어 있었다. 그러나 조정에서 사태의 수습책을 강구하고 있을 때는 초유사 김성일과 거창 의병장 김면의 중재로 사태가 이미 수습되어 있었다.

당시 격서 사건과 관련해서 도내 사람들은 대체로 곽재우의 입장을 심정적으로 지지하였고 그의 행동에 대해서도 대체로 동정적이었다. 그런 한편에서는 그의 이러한 행동이 왜적이 잔존하고 있는 상황에서 자중지란을 야기하는 일이며 일개 선비가 조정의 명을 기다리지도 않고 도주의 목을 벨 것을 선동함은 온당치 못한 일로 우려를 표하기도 하였다.[11] 또한 이 격서 사건으로 말미암아 선조는 내심 그의 인물됨을 의심하여 그에게 병사나 감사와 같은 중책을 맡기는 일을 한동안 주저하였다.

---

11) 『쇄미록』 1, 임진일록, 임진 8월 14일.

8

인근 고을의 수복

김수의 환도로 7월초 격서 사건이 발생한 뒤 곽재우 의병 부대에는 주목되는 변화가 나타나게 된다. 종전까지만 하더라도 그의 의병부대는 의령 경내와 의령 접경의 낙동강 방면을 작전 지역으로 하였다. 그런데 이 무렵부터는 지휘 병력의 규모가 커지면서 작전 지역이 확대되고 동시에 군사 활동의 양상도 달라지고 있다. 이 즈음 곽재우 휘하의 군사 활동을 『용사일기』에서는 다음과 같이 기록하고 있다.

삼가 사람들이 윤탁으로 대장代將을 삼아 군사를 거느려서 곽재우에게 보내므로 곽재우는 두 고을 병력을 거느리게 되었다. 정호와 세간 양처에 대진大陣을 치고 번갈아 오가고 머물면서 한편으로는 창원과 웅천에서 함안에 출몰하는 왜적을 막고 한편으로는 낙동강에 가득한 왜구를 막았다. 삼가에서는 박사제가 도총都摠이 되고 허자대가 군기 제조를, 정질이 군량을 담당하고, 노순이 식량의 운반을 담당하였다. 의령에서는 정연을 독후장, 권란을 돌격장, 이운장을 수병장, 심대승과 배맹신을 선봉장으로 삼고, 허언심은 군향을 담당하고 강언용은 병기를 담당하였다. 고을의 부잣집에서 소를 잡고 쌀을 내어서 날마다 번갈아 가며 군사를 먹였다. 초유사는 또 전목사 오운을 소모관으로 삼고 겸하여 그 병력을 총괄케 함으로서 성세聲勢를 도왔다.[1]

여기서 무엇보다 주목되는 사실은 망우당이 의령과 삼가의 두 고을 병력을 지휘하게 된다는 점이다.[2] 곽재우 지휘하의 두 고을 병력 가운데 의령 지역은 대체로 전투 동원 체제를 갖추고 있는 반면에, 삼가 지역은 군수 지원 중심의 편성을 보이고 있다. 여하튼 두 고을의 병력을 거느리고 정호와 세간 양처에 대진을 치고 그 때 그 때의 상황에 대처하는 군사 활동 양상은, "지산砥山에 병

---

1) 『龍蛇日記』 15엽.
2) 『용사일기』에는 이러한 지휘 계통 및 작전 활동 내용이 어느 시점에서의 것인지에 대한 언급이 없으나, 『난중잡록』에 따르면 망우당이 삼가현의 군사까지를 지휘하게 되는 배경은 삼가의 박사제 朴思齊 형제가 윤탁尹鐸을 대장代將으로 삼아 그 군사를 곽재우에게 부속시키는 데서 비롯되는 것으로 설명하고 있으며, 이같은 사실을 『亂中雜錄』 임진 7월 6일조에 기록하였다.

의령현과 인근 고을(대동여지도)

력을 주둔시켜 강좌의 왜구의 침입을 막았던" 종전과는 지휘 병력의 규모나 작전 지역이 다르다고 할 것이다.

7월에 들어와 그가 의령, 삼가 두 개 현의 군사를 지휘하게 되었던 것은 이 무렵 왜군이 이전과는 다른 움직임을 보였던 때문이기도 하였다. 6월 이래 왜군은 경상우도로의 침입이 예상치 않은 난관에 봉착하자 6월 하순경 부터는 전략상 요충 지역을 집중 공략하기 위해 병력을 특정 지역으로 집중시키는 작전을 취하였다. 그리하여 이 무렵 창원 쪽에 주둔하고 있던 왜군은 진주성이 허술하다는 것을 탐지하고 진해에 있던 왜적과 상응하여 진주 쪽의 침입을 기도하였다. 곽재우 의병 부대가 진주성이 위급하다는 소식을 듣고 진주 지역을 지원하기 위해 진주성에 입성하였던 배경이 다음과 같이 기록되어 있다.

> 김해에 주둔하고 있던 왜적 천 여 명이 고성으로 옮겨 들어갔다. 왜장이 은가마를 타고 감사를 자칭하고 진주를 범하려 하여 진주 성내의 장병이 본도 여러 진鎭에 구원을 청하자, 곽재우 역시 군사를 거느리고 구원하러 달려갔는데 도중에 초유사의 글을 보고는 말을 세우고 답서를 썼다.[3]

지금까지 소규모 병력이 여러 지역에 분산되어 각기 우도로의 진출을 꾀하던 때와는 달리 이 때 진주를 침입하기 위해 고성으로 이동하고 있는 왜군의 병력은 천 여 명에 달하고 있다. 왜군의 침입 병력이 비교적 대규모화하고 이들 병력이 특정 지역으로 집중 투입되는 경우 아군도 종전처럼 각개 의병진이 고을 단위의 방어에만 주력할 수가 없었던 것이다. 말하자면 각 의병진 사이에 연계 및 지원 작전이 불가피하였다. 망우당이 진주성이 위급하다는 소식을 접하고 진주 지역을 지원하기 위해 진

---

3) 『亂中雜錄』 1, 임진 6월 19일조. 이는 『亂中雜錄』, 임진 6월 19일조에 기록되어 있으나 사태의 선후 관계를 고려해 볼 때 잘못 기재된 것으로 보인다.

주성에 입성하였던 것은 이런 까닭에서였다.

망우당이 두 고을 병력을 지휘하게 되는 것은 진주성에서 되돌아 온 무렵부터였다. 이 때는 김수와 곽재우 사이에 지휘권 문제로 야기되었던 격서 사건이 진정 국면에 들어간 시점이었다. 추정컨대 그가 이 무렵 두 고을 병력을 지휘하게 된 것은 초유사 김성일과 감사 김수 사이에 모종의 협의가 이루어졌던 때문일 것이다. 그는 진주성을 향해 떠나면서 초유사 김성일의 권고와 수습책을 받아들이는 회신을 보내었고, 진주성에서 돌아온 이후 두 고을 병력을 지휘하게 된다.

망우당이 진주성에서 돌아온 때 왜군의 동향을 보면, 7월 초 당시 현풍과 창녕에 주둔하고 있던 왜군의 움직임이 심상치 않다는 것과 또 대규모 왜선이 강 하류 쪽으로 이동하고 있다는 보고가 경상감사 김수의 진영에 이르고 있다.[4] 당시 단성에 있던 김수는 이러한 왜군의 움직임을 보고받고 당황하여 함양으로 지휘 본부를 옮기기도 하였다. 정경운의『고대일록』에 따르면, 이 때 강 하류 쪽으로 이동한 이들 대규모 왜선이 7월 2일에는 의령 쪽에 이르는 것으로 나타나며, 이를 의병장 곽재우가 총력을 기울여 막아내었다고 한다.[5] 왜적은 이 때 의령

---

4)『征蠻錄』, 7월 1일조.
5)『孤臺日錄』, 7월 1일조.

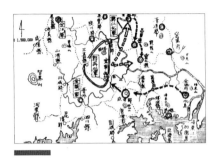

현풍 전투 상황도(이형석, 『임진전란사』)

쪽의 침입에 실패하였을 뿐만 아니라 상당수의 인명 피해를 입어 낙동강 하류로 곧바로 퇴주하기도 하였다.[6)]

지휘하는 군사의 규모가 커지면서부터 망우당은 왜군이 점거하고 있던 낙동강 좌안의 현풍, 창녕, 영산 지역을 직접적 '공격'을 통하여 축출하려는 적극적 작전을 개시하게 된다. 곽재우의 지휘하에 이루어진 현풍, 창녕, 영산 지역의 수복 작전 또한 앞서 정암진 전투에서의 경우와 마찬가지로 뛰어난 유격 전술을 구사한 것으로 나타나고 있다.

우선 그의 의병 부대는 먼저 현풍을 공략하기로 계획을 세워, 정예 부대 수백명을 이끌고 현풍에 이르러 적을 성 밖으로 끌어내기 위해 여러 차례 유인 작전을 시도하였다. 그럼에도 왜적이 전혀 움직임을 보이지 않자, 한 자루에 다섯 가지가 난 횃불을 만들어 밤중에 산마루에 올라 일시에 불을 붙여 들어서 불빛이 적진에 비치게 하였다. 곧이어 북을 치고 나팔을 불고 포를 터뜨리고 함성을 질러 아군의 세력이 굉장한 양 과시하였다. 그리고

---

6) 『孤臺日錄』, 7월 3일조.

는 다음 날 반드시 전멸시키겠다고 위협하였더니 왜적들이 모두 도망쳐 사라져 버렸다.

현풍에서 왜적이 도망간 닷새 뒤에는 창녕의 왜적들도 소문을 듣고 철거하였다. 그러나 영산에 모여든 왜적은 자신들의 숫적 우세를 믿고 오래도록 움직이지 않았다. 망우당이 초유사 김성일에게 이를 보고하여, 영산 수복 작전에는 의령 뿐만 아니라 삼가와 합천의 군사도 동원하였다. 합천과 삼가의 군사는 윤탁이 지휘하고 의령 군사는 곽재우가 이를 지휘하기로 하여 적진과 마주 보는 봉우리 위에 진을 치고 대치하였다. 왜적의 선봉 부대 기병 백여명이 돌격해 쳐들어와 이들과 한 차례 접전을 벌리기도 하였으나, 역시 다음날 왜군은 군막을 불태우고 도망하였다. 영산이 수복되면서부터 현풍-창녕-영산 방면의 길은 왜적의 통행이 두절되어 이후 왜적은 밀양-대구에서 인동-선산으로 이르는 쪽을 왕래하게 되었다.

영산 전투 상황도
(이형석, 『임진전란사』)

곽재우 의병 부대의 현풍, 창녕, 영산 수복 시기는 흔히 7월 중에 이루어졌던 것으로 알려져 있다. 그러나 이들 지역의 수복 작전이 개시되기에는 이 날짜는 지나치게 이른 시기로 보인다. 『난중잡록』에 따르면, 영산 수복은 현풍과 창녕의 경우와는 달리 초유사 김성일에게 알리어 삼가 군사의 지원을 받아 수행되었다는 사실을 확인할 수 있다. 그런데 김성일이 8월 초순에 조정에 올린 장계에 따르면, 다음에서 보듯이, 당시까지는 현풍과 영산의 왜적에 대한 공격은 계획 단계에 있었으며 아직 작전을 수행하지 않았던 것으로 나타난다.

왜변이 난 뒤로부터 좌우도가 나뉘어져 호령이 통하지 않았습니다. 좌도에는 앞장서 일어나 적을 치는 이가 없어서 적이 더욱 거리낌이 없어 땅을 저들이 차지하여 각기 고을의 원이라 칭하고, 집을 짓고 농토를 가꾸어 오래 머물 계획을 하고 있습니다. (중략) 현풍과 영산의 적도 역시 공격할 만한 기회가 있으므로 고령, 합천, 초계의 의병으로 하여금 현풍을 치게 하고 창녕과 의령의 군사로 영산을 치기로 이미 약속하였습니다. (중략) 봉사奉事 윤탁은 박사제 등이 모집한 군사를 거느리고 의령 정진 및 신반현을 지키고, 유학幼學 곽재우와 봉사奉事 권란 등은 그들이 모집한 군사와 전목사 오운이 모은 군사를 거느리고 영산, 창녕, 현풍 및 강 위에 왕래하는 적을 지키고 있습니다.[7]

───────

7) 『亂中雜錄』 1, 임진 8월 4일조. 이 기사 가운데, "유학幼學 곽재우와 봉사奉事 권란 등은 그들이 모집한 군사와 전목사 오운이 모은 군사를 거느리고 영산·창녕·현풍 및 강 위에 왕래하는 적을 지키고 있습니다"에 대하여 조경남은 세주細注로 "곽재우가 이보다 먼저 현풍·창녕 등 고을을 수복하였는데, 여기서는 또 적이 있다 하였으니 그것은 적의 가고 오는 것이 일정하지 않았기 때문이다"라고 하여 자신의 의견을 피력하고 있는데, 이는 그가 현풍, 영산의 수

이 무렵 망우당은 봉사 권란 등과 함께 그가 모집한 군사와 전목사 오운이 모은 군사를 거느리고 영산·창녕 현풍 지역과 낙동강 상에 왕래하는 적을 지키고 있다고 하였다. 곽재우의 주요 작전 지역이었던 의령 정진 및 신반현을 봉사 윤탁이 지키고 있는 것은 망우당이 윤탁이 영솔하고 있는 군사까지를 지휘하였기 때문이다. 그런데 위에서 보듯이 고령, 합천, 초계의 의병으로 하여금 현풍을 치고, 창녕과 의령의 군사로 영산을 칠 계획을 하고 있는 데서 이 때 영산과 현풍에 여전히 왜군이 주둔하고 있음을 알 수 있다.

또한 다음의 『정만록』 7월 18일 조의 기사에 따르면, 이 무렵 창녕과 영산의 왜적이 강변에 출진하여 의령, 초계 쪽으로 침입하려는 동향을 보이는 것으로 보고되고 있다.

금일(7월 18일)에 또 듣자하니 (중략) 김해로부터 적선 500척이 제포 앞바다에 옮겨 정박하고 있다 하니 이는 틀림없이 호남으로 향하고자 하는 배일 것이다. 창녕과 영산의 왜군이 강좌의 지포에 결진結陣하여 혹은 의령 수령, 혹은 초계 수령이라고 칭하면서 장차 양읍으로 건너고자 한다.[8]

_____

복 시기를 잘못 이해한 탓으로 보인다.
8) 『征蠻錄』, 7월 18일조.

그러므로 현풍·창녕·영산 전투는 『정만록』의 기록이나, 초유사 김성일의 장계에서 말하듯이 8월 이후의 어느 시점에서 단계적으로 이루어진 듯하다.[9] 『고대일록』에는 9월 16일자에 "의병장 곽재우가 의령과 창녕의 병사를 이끌고 영산의 왜적을 토벌하여 패주케 하였다"라고 하는 기록이 있다. 이 기록에 따르면, 영산에 진을 치고 있던 왜적에 대한 토벌 작전은 '의령과 창녕의 병사를 이끌고' 수행했던 것으로 나타나며, 이는 김성일의 장계중에 언급된 '창녕과 의령의 군사로 영산을 치려는' 계획과 일치하기도 한다. 따라서 영산의 수복은 9월 중에 이루어진 듯하며, 이 영산 수복에 앞서 9월 초에 현풍과 창녕의 왜적 축출이 이루어진 것으로 볼 것이다.

　현풍, 창녕, 영산성의 수복에 뒤이어 곽재우 의병 부대는 이해 10월의 진주성 전투에도 외원군으로 참전하였다. 임진년 10월의 진주성 전투는 삼천 수백 명에 불과한 우리 군민이 3만이 넘는 왜군에 맞서 6주야에 걸쳐 싸워 승리한 전투이다. 이 때 망우당은 정암진을 지키면서 진주성의 급보를 듣고 그의 심복인 군관 심대승을 선봉장으로 하여 이백여 명의 군사를 이끌고 나아가 싸우

---

9) 위 『정만록』 7월 18일조의 기사는 같은 내용이 『난중잡록』에는 7월 9일조에 기록되어 있다. 다만 『亂中雜錄』에는 "이들 왜군을 곽재우가 疑兵을 설하여 물리쳤다"라고 하는 내용을 덧붙이고 있다.

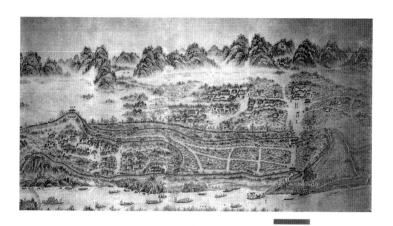

진주성도(조선후기)

게 하였다. 진주성 전투는 목사 김시민의 지휘 하에 성
내 군민의 결사 항전으로 수성에 성공한 전투지만 승전
의 배경에는 성 밖에서 지원한 의병 부대의 활약이 있었
음을 간과할 수 없다.

17 의장義將

　　임진년 당시 곽재우 의병 부대의 지도층 인사는 망우당을 포함하는 경우 '18 의장' 혹은 '18 장령'으로, 망우당을 포함하지 않는 경우 '17 의장' 혹은 '17 장령'으로 흔히 불리워지고 있다. 이는 영조 때 간행된『창의록倡義錄』에서 비롯된 것이다.『창의록』은 망우당이 임진년 4월 처음 의병을 일으켰던 때와 정유년에 창녕의 화왕산성을 방어할 때에 그의 휘하에서 군사 활동을 했던 인사들의 명단을 각각 〈용사응모록龍蛇應募錄〉과 〈화왕입성동고록火旺入城同苦錄〉으로 나누어 수록한 책자이다. 이 가운데 〈용사응모록〉에는 망우당을 비롯해서 휘하 17장 외에도 모병에 응했다고 전해지는 289명에 달하는 대원들의 명단도 함께 실려있다.

　　『창의록』에는 곽재우와 그의 휘하 17장에 대해서 '창의

『창의록』중의 〈용사응모록〉

초 군무軍務를 분장分掌했던 분들'이라고 하여 일반 대원의 명단과는 구분하였다. 곽재우를 비롯해 이들 17장이 분장했던 군무란 의병장義兵將, 영장領將, 도총都摠, 수병장收兵將, 선봉장先鋒將, 독후장督後將, 돌격장突擊將, 조군調軍, 전군典軍, 전향典餉, 치병治兵, 기찰譏察, 복병伏兵, 군관軍官 등의 역할 분담을 일컫는 것으로 이를 표로 나타내면 다음과 같다.

〈용사응모록〉에 나타나는 18장의 분장 군무와 거주지

군무	성명	거주지	군무	성명	거주지	군무	성명	거주지
의병장	곽재우	의령	독후장	정연	삼가	기찰	심기일	의령
영장	윤탁	삼가	돌격장	권란	의령	복병	안기종	의령
도총	박사제	삼가	조군	정질	삼가	군관	조사남	의령
수병장	오운	영천	전군	허언심	의령	〃	주몽룡	진주
〃	이운장	의령	전향	노순	초계			
선봉장	배맹신	의령	치병	강언룡	의령			
〃	심대승	의령	군기	허자대	삼가			

그런데 이들 17장이 모두 창의 당시부터 군무를 나누어 맡았던 이들이라고 보기는 어렵고 주로 임진년 7월 이후 곽재우 휘하에서 활동했던 지도층 인사들이었던 것

으로 나타난다. 이들 17장 중에는 곽재우의 직접적 지휘를 받으면서 주로 의령 방면에서 군사 작전에 종사했던 인사들이 있는가 하면, 삼가 지역에서 주로 군수 지원 업무를 수행했던 인사들이 있고, 또 조사남, 주몽룡과 같이 이들과는 군사 업무상 어떠한 연관을 지울 수 없는 이들도 있다. 여하튼 임진년 7월은 곽재우 의병 부대에 중요한 변화가 나타난 시기였음을 이로서도 알 수 있다. 『창의록』에 나타나는 이들 17장이 어떠한 인물들인지를 살펴두기로 한다.

① 윤탁尹鐸(1554~1593)

관향은 파평이며 삼가에 살았다. 그의 원조遠祖 가운데 윤관尹瓘과 같은 이는 고려조에 여진 정벌을 단행하여 국사상의 인물로 널리 알려져 있다. 그의 고조 이전의 선대 묘소가 주로 장단長湍에 있고 증조 연演의 묘가 삼가에 있는 것으로 보아 증조 때에 삼가로 이거하여 이후 자손들이 이 곳에서 살았던 것으로 보인다.

윤탁의 증조 연은 충좌위忠佐衛 사맹司猛의 벼슬을 거쳤고 조부 수종秀宗은 경학에 밝았으며 남명 조식을 종유하였고 조비는 남원 양씨로 현감 정손貞孫의 따님이었다. 부 언효彦孝는 충좌위忠佐衛 부사정副司正을 역임하였고 그의 외조는 재령 이씨로 외조 또한 주부主簿의 벼슬을 하였던 것으로 나타난다. 이로 보아 윤탁의 가계는

의병장 곽재우와 휘하 17장의 위패를 봉안하고 있는 충익사

전형적인 사족 가문으로서의 가세를 이어왔던 것으로 나
타난다.

윤탁은 32세에 무과武科에 급제하여 훈련원 부정副
正에 이르렀다. 이러한 그 자신의 관력과 집안 배경 때문
에 김성일이 초유사로 본도에 이른 뒤 삼가현의 군사에
대한 지휘를 그에게 맡겼다. 그 뒤 김성일은 의령 지역
의 병력 보강을 위해 윤탁으로 하여금 삼가군을 이끌고
곽재우 휘하의 군사와 함께 낙동강을 방어하도록 하였
다. 이 밖에 그는 김면을 도와 왜군이 우두령을 넘을 때
이를 저지하기도 하였고, 1차 진주성 전투에서는 왜적을
상대로 작전 수립에 참여하여 큰 공을 세우기도 하였다.

계해년 2차 진주성 전투 때에 최경회, 김천일 등과 같은
날 성안에서 전사하였다. 〈용사응모록〉에는 곽재우와 윤
탁에 대해서만 다른 16장과는 달리 자와 생년을 기록하
고 있다.

② 박사제朴思齊(1555~1619)

호가 매계梅溪, 관향은 죽산竹山이며 삼가에 살았다.
선대는 고조 홍문弘文이 태안군수를 지냈고, 증조 원지元
智가 갑산부사를 지냈으며, 조부 계이繼李는 참봉을 지냈
다. 삼가에 이거하기는 조부 때였던 것으로 나타난다. 박
사제는 임란 전에 사마시에 합격하고 또 성균관 학유를
거쳤다. 그는 경상감사 김수가 곽재우를 역적으로 지목
하여 위험한 지경에 이르렀을 때 그를 비호하는 통문을
여러 고을에 돌렸다. 곽재우 의병 부대에서 도총都摠이
라는 중책을 맡아 주로 삼가 지역에서 군수 지원 업무를
총괄하였으며, 임란 중에 의령 현감에 제수되기도 하였
다. 뒤에 문과에 급제하여 홍문관 수찬, 승정원 승지, 이
조참의에 이르렀다.

그의 기병 과정에 대해서는 다음과 같은 기록이 전한
다. 임란 당시 삼가 현감이 성을 버리고 도망치자 그는
종질 엽燁으로 하여금 집안에서 부리던 장정들을 거느리
고 관아로 들어가 창고 곡식과 무기를 확보하여 도적의
약탈을 미리 예방토록 하고는 고을에 통문을 돌려 향리

의 동지들을 불러모았다. 이 때 윤탁尹鐸 윤선尹銑 윤언례尹彦禮 정질鄭晊 정운철鄭震哲 조계명曺繼明 노순盧錞 허자대許子大 등이 그에게 동조하여 함께 정금당淨襟堂에 모여 닭 피를 마시며 목숨을 걸고 맹세하였다. 그는 윤탁으로 하여금 삼가군을 거느려 곽재우 부대를 지원하도록 하는 일을 주동하는 등, 삼가현에서 모군 과정과 지휘 계통의 조정에 큰 역할을 하였다.

③ 오운吳澐(1540~1617)

관향이 고창이며 22세에 생원시에 합격하고, 27세에 문과에 급제하여 호조좌랑, 명천현감, 정선군수, 광주목사 등의 관직을 거쳤다. 임란 직전 당쟁의 와중에 파직되어 처가인 의령에 은퇴했다가 이곳에서 임란을 맞게 되었다. 곽재우 의병 부대에서 소모관召募官으로 활동하여 병력 확보에 크게 기여하였다. 왜란 후 여러 관직을 거쳐 62세에 벼슬을 사양하고 영천榮川에 은둔하여 독서와 저술에 전념하였다. 이 때 단군조선에서 고려왕조까지의 역사를 서술한 동사찬요東史纂要를 저술하였다. 부인은 김해 허씨 진사 렴廉의 따님으로 의령은 그의 처향이기도 하였다.

그의 선대는 증조 석복碩福이 성종조에 진사시에 합격하고 중종조에 원종공신이 되어 직산, 전의, 의령 현감을 두루 역임한 뒤 함안 모곡에 퇴거하였다. 그는 퇴계 이

황, 신재 주세붕과 절친하였고 시필詩筆로 당세에 이름을 떨쳤다. 조부 언의彦毅는 진사시에 입격하여 전의현감을 거쳤으며 조비는 진성 이씨로 호조참판 송재松齋 우埇의 따님이었다.

오운은 당시 영남 사림과 두루 교유가 깊었던 인물이었다. 그가 의령 지역에서 의병을 소모하는 중요한 직임을 수행할 수 있었던 것은 그의 관력 뿐만 아니라 증조부 이래 영남 사림과 깊은 교유를 맺었던 집안 배경에서 연유한 것이기도 하였다.

④ 이운장李雲長(1541~1592)

관향은 안악安岳이다. 조부 삼재三材가 삼가 현감, 증조 효은孝誾은 훈도, 고조 구懼는 효행으로 천거되어 삼가 현감을 지냈다. 이에서 나타나듯이 그의 가계 또한 양반 사족 가문의 전통을 이어왔다. 고조 구의 묘소가 의령 정곡定谷에 있는 것으로 보아 일찍이 의령 지역에 정착하였던 것으로 보인다.

이운장은 오운과 함께 곽재우 의병부대의 수병장으로서의 직임을 맡았고, 그의 군사 활동 지역이 의령 낙서 지역이었다는 것 밖에는 임란 중의 활약상이나 임란 이후의 행적에 대해서 자세한 내용이 전하지 않는다. 그의 형 운기雲起의 묘소와 父 병절교위秉節校尉 형珩의 묘소가 함께 의령현 유곡 토동에 있으나, 이운장은 임란중 전사하여 주검을 걷우지 못하여 고종 을축년에 방예傍裔들이 궁유면 지동에 단유를 설하였다.

⑤ 배맹신裵孟伸(1560~?)

관향이 분성盆城이다. 분성 배씨는 원룡元龍을 시조로 하며 4세 정비廷棐가 의령에 사는 밀성 박소朴昭의 따님에 장가들면서 의령에 이거하였다. 배맹신의 집안에서 크게 현달한 인물로는 증조 문보文甫를 들 수 있다. 문보는 중종 22년 문과에 등제한 후 호조정랑, 봉상시윤, 고성高城군수, 승정원 좌승지 등을 역임하였고 명종조에 대윤과 소윤의 정쟁 과정에서 항소로 죽임을 당한 이후 정사공신에 추봉되었다. 문보의 묘소가 의령 세간에 있고 이후 후손은 인근의 의령 유곡면에 세거하였던 것으로 나타난다. 판돈영부사겸도총관判敦寧府事兼都摠管 이민보李敏輔가 찬한 묘갈명이 전한다.

배맹신의 부 경림景霖은 만호萬戶로 참봉 이보李輔의 따님에 장가 들었고, 조부 배면裵冕은 사직司直 황중문黃仲文의 따님에 장가들었다. 이로 보아 배맹신의 가계 또한 증조부 이래 사족으로서의 가세를 당시까지 이어왔던 것으로 나타난다.

⑥ 심대승沈大承(1556~1606)

관향이 청송으로 시조는 홍부洪孚이며 7세 시권時權

때 의령 지역에 이주하였다. 17장의 한 사람인 심기일 또한 심대승과 마찬가지로 시권의 직계 후손으로서 서로 10촌지간에 해당하는 형제 항열이다.

의병장 곽재우와 17장을 기리기 위해 세운 기념탑

심대승의 고조부 종원宗元은 곤양 군수를 지냈고 고조비는 선산김씨로 사직 김계종金繼宗의 따님이다. 증조 안린安麟은 명종조에 효행으로 정려가 세워졌으며 증조비는 성산이씨로 충순위 이화李華의 따님이며, 조부 잠潛은 통정으로 문집 4권을 남겼다. 이로써 보아 심대승의 가계 역시 양반 사족으로서의 가세를 꾸준히 이어왔던 것으로 나타난다.

입향조 시권의 묘가 의령현 동부의 전태리에 있고, 고조와 증조의 묘 또한 인근의 정동貞洞에 있으며, 조부의 묘가 정곡면 부로동不老洞, 부의 묘가 정곡면 당동에 있다. 이로써 보아 시권이 의령에 이주한 이래 그의 직계 자손은 의령현 동부 지역에 세거하면서 이 곳에 재지적 기반을 구축하였던 것으로 나타난다.

다른 17장과 달리 심대승은 권란과 더불어 창의 초기부터 곽재우 의병 부대에서 중요한 역할을 수행했던 인물이다. 망우당이 의령과 삼가의 두 고을 군사를 총괄 지취하게 되면서, 윤탁이 삼가군을 거느리고 의령 용연에 주둔할 때 그는 의령 군사를 거느리고 장현에 주둔하였다. 이로 보아 그가 곽재우 의병 부대의 본진을 지휘하는 중대 직임을 맡았음을 알 수 있다. 임진년 10월의 제1차 진주성 전투에 참전하여 큰 공을 세우기도 하였으며 전후에 군자감 판관을 제수받았다.

⑦ 정연鄭演(1553~1597)

관향이 초계이다. 그의 직계 가운데 선대의 행적이 비교적 분명하게 드러나는 것은 증조 준俊 때부터이다. 그는 세조 무인년(1458)에 무과에 급제하였고, 이시애의 난을 토평한 공으로 적개공신에 올라 초계군草溪君에 봉해졌다. 조부 오연鰲年은 음관으로 벼슬에 나아가 진해 현감, 양양 군수를 역임하였고, 부 옥견玉堅은 성균 진사이며 어머니는 광주 노씨로 통덕랑 기琦의 따님이다. 정유재란 때 황석산성에서 전사한 곽준郭趁이 그의 생질이기도 하다.

현재 합천군 덕곡면 학동鶴洞에 세워져 있는 그의 사적비에 따르면 그는 백마산성에서 전사하였으며 묘는 의령 신반 무진에 있다고 하나 분명하지는 않다. 선대의 묘로는 고조 이전은 자세하지 않고 증조의 묘가 초계 박곡, 조의 묘가 의령 신반, 부의 묘소가 합천군 덕곡면 학동촌에 있다.

⑧ 권란權鸞(1546~?)

관향이 안동이고 병오생이며 봉사奉事의 관직과 군위 현감을 역임하였다는 사실 외에는 달리 그의 출신 배경이 살펴지지 않는 미지의 인물이다. 『용사일기』에는 그가 옥천대를 수비하는 임무를 맡았던 기록이 보인다. 망우당이 처음 기병할 당시 참여했던 인물로 거명되는 심대승沈大承, 권란權鸞, 장문장張文章, 박필朴弼의 네 사람에 대해, "모두 용감하고 활 잘쏘며 곽재우의 의거에 감격하여 눈물을 흘리며 그와 함께 죽고자 했다"라고 기술되고 있다든지, 그가 곽재우 의병 부대에서 돌격장의 직임을 수행했던 것으로 보아 '문文'보다는 '무武'를 닦았던 인물로 보인다.

⑨ 정질鄭晊(?~?)

본관은 초계다. 정연과 정질은 각각 시조 배걸倍傑로부터 2세인 문文과 유유裕의 후손으로 서로 계파를 달리한다. 정질의 부 순경舜卿은 효행으로 이름이 있었고 남명 문하에 들었다. 정질이 친상을 당했을 때 남명이 서신을 보내고 합천 군수 이증영李增榮은 회灰를 보낸 사실이 전한다. 배配는 남평문씨로 참봉 문감文堪의 따님이다.

정질의 선대에 대해서는, 조 구龜가 만호, 증조 래준來俊이 사직司直이었다는 간단한 기록만이 전지고 있다. 고조 옥윤玉潤은 호가 서정西亭이며 야은 길재의 문인으로 성

삼문과 하위지 등이 유일로 천거하여 산음현감을 지냈다는 비교적 자세한 행적이 전한다. 옥윤은 평천平川서원에 제향되고 이조참판에 추증되었으며 도구陶丘 이제신李濟臣이 그의 행장을 짓고 현감 정우용鄭友容이 그의 묘갈명을 지었으며 배는 성주여씨로 판서 자용自庸의 따님이었다.

선대의 묘소로는 5대조 이전의 묘가 초계草溪에 있는데, 5대조비 장흥 임씨와 고조 옥윤의 묘가 삼가 구목동에 있는 것으로 보아, 정연의 5대조 때 초계로부터 삼가로 이거하였던 것으로 추정되나 그의 부, 조, 증조의 묘는 족보에서 확인되지 않는다.

⑩ 허언심許彦深(1542~1603)

관향은 김해이다. 김해허씨는 염琰을 시조로 하며 7세 기麒가 신돈을 탄핵하여 위기에 처한 이존오를 구하려다가 공민왕의 미움을 받아 고성에 유배되면서 이후 자손들이 고성에 살게 되었다. 그 뒤 고성에서 의령 가례로 이거하기는 허언심의 증조 원보元輔 때였다. 원보는 26세에 사마시에 합격하였고 탁영濯纓, 한훤당寒暄堂 등과 교분을 가질 만큼 명망이 있었던 인물이었다.

조부 관瓘은 생원이었으며 조비는 진양 하씨로 생원 우석禹錫의 따님이었다. 허언심의 아들 도稻는 장사랑將士郎으로 임란 때 아버지를 따라 거의하였으며 수우당守

愚堂 최영경崔永慶을 사사하고 각재覺齋 하항河沆과 교의
가 두터웠다.

허언심은 곽재우 의병 부대에서 군향軍餉을 관리하는
임무를 맡았다. 그는 곽재우의 자부로서 망우당이 창의
기병할 때 많은 곡식과 가동家僮을 제공하였듯이 상당히
경제적으로 부유하였다.

⑪ 노순盧錞(1551~1595)

관향이 신창新昌이고 호를 매와梅窩라 하며 일찍이 남
명을 사사하였고 벼슬이 영변부사에 이르렀다. 평안도
영변 상음霜陰서원과 삼가 구연龜淵서원에 제향되었으
며, 묘소는 삼가면 상판촌上板村에 있으며 부인은 진양
유씨로 충무위 유옥柳沃의 따님이었다.

부 경진景震 때 처음 삼가로 들어와 살게 되었는데, 그
는 학행으로 천거되어 예빈시 정, 참봉을 지냈으며 묘가
의령현 서부 자하대동紫霞大洞에 있다. 모는 경산慶山 전
씨全氏로 합천군수, 장단부사, 해주목사, 양주목사를 지낸
한翰의 따님이다.

노순의 선대는 조부 이전까지는 대덕군 구칙면九則
面에 세거하였다. 고조 규부赳夫가 훈련원 습독관을 지냈
으며 조부 즙楫이 선공감 주부와 단성현감을 역임한데서
나타나듯이 그의 집안도 양반 사족이었음을 알 수 있다.

충익사에서 매년 4월 22일 행하는 추모제

⑫ 강언룡姜彦龍(1545~1613)

관향은 진양이다. 5대조 강혜姜徯가 청풍군수에서 물러나 의령 동문동東門洞에 이거한 이래 후손들이 의령에서 살았다. 강혜의 묘는 지금의 의령군 용덕면龍德面 정곡촌井谷村에 있고 사가四佳 서거정徐居正이 묘갈명을 찬하였다. 고조 효정孝貞은 사헌부 감찰을 지냈는데 연산조 때 당질 형詗이 간언 때문에 세 아들과 함께 사화를 입는 것을 보고 벼슬을 버리고 의령에 은거하였다. 이후 그는 자손들로 하여금 벼슬에 나아가는 것을 경계하였다고 한다. 조부 우瑀는 중종 때 진사시에 합격하였고 남명과 도의로서 교제하였다. 그는 모부인의 상을 당하여 경기도 양근에서 여묘 살이를 하던 중 졸거한 일이 조정에 알려져 정려가 내려졌다. 이 일로 강언룡의 조부와 증조모의 묘는 경기도 양근에 있게 되었으나 그 뒤 묘소가 실전되어 의령 정곡에 있는 부인의 묘 오른 쪽에 단소를 마련하였다. 강언룡의 부 부휴復休는 직장, 선무랑, 봉직랑, 군자감 첨정의 벼슬을 거쳤다. 강언룡의 집안도 선조의 의령 이거 배경이나 이후 자손의 행적을 통해 볼 때 사족 집안으로서의 가세를 꾸준히 이어왔음을 알 수 있다.

⑬ 허자대許子大(1555~?)

관향은 김해이다. 고려조에 벼슬이 전리판서에 이르고 강직한 언론으로 당시 유명 인사였던 7세 허옹許邕 때 단성 법물에 이거하여 운둔 생활을 하면서 그의 후손이 법물에 인접한 삼가에 살게 되었다.

허자대의 고조 여익汝翼과 그 이전 몇 대 선조의 행적이나 거주지는 분명하지 않으나 증조 이래 조부 및 부의 묘가 모두 삼가에 있는 것으로 보아 적어도 증조 이후부터는 삼가에 세거하였던 것으로 보인다. 증조 금수金秀는 진사시에 합격하였고 수직壽職을 받아 통정대부에 이르렀으며 증조비는 초계 정씨로 현감 정옥윤鄭玉潤의 따님이었다. 정옥윤은 17장의 한 사람인 정질鄭晊의 고조부이기도 하다. 조부 흠欽은 학행이 탁이卓異한 것으로 이름이 있었으며 주세붕이 그의 묘지를 찬하였고, 조비는 화순최씨和順崔氏로 진사 최윤강崔潤江의 따님이었다. 허자대의 부 천석天錫은 신재愼齋 주세붕周世鵬 문하에 수학하였고 효우행으로 추중 받기도 하였다.

⑭ 심기일沈紀─(1545~1610)

관향이 청송靑松이며, 의령 지역 입향조인 시권時權은 그의 5대조이다. 17장의 한 사람인 심대승과 심기일은 서로 10촌지간에 해당하는 형제 항열이었다. 심기일의 부 대원大源은 예빈시 직장을 지냈으며 배는 진양 강씨로 승지 강경손姜慶孫의 따님이었다. 심기일의 조부 순洵은 부장部將, 증조 종의宗義는 진사에 합격하고 참봉을 지냈다.

성산星山 이헌주李憲柱가 찬한 신도비에는 그의 임란 이후의 행적에 대해서 "난리가 평정됨에 고향으로 돌아와 자취를 감추고 물고기 잡고 나무하면서 조석의 끼니를 잇지 못해도 즐거움이 남는 것 같았다"라고 하였는데, 이는 임란후 망우당의 행적과 흡사하다. 그는 주위의 천거로 재랑齋郎에 제수되었으나 사양하고 부임하지 아니하였으며, 매일 관란觀瀾 허국주許國柱, 독촌獨村 이길李佶, 승지承旨 강운姜運, 감정監正 강우황姜遇璜 등 동지들과 더불어 어울리면서 산수를 즐기고 술과 시로서 벗을 삼았으며, 왜적을 토벌한 일에 대해서는 일체 말을 하지 않았다고 한다.

⑮ 안기종安起宗(1566~1633)

관향은 탐진이다. 탐진 안씨의 시조는 원린元璘이다. 원린의 후손은 2세 도堵에서 분파하고 또 3세 경經과 4세 종우從祐에서도 분파하여 원린의 현손玄孫에 해당하는 5세 충순위 순민舜民으로부터는 충순위파라고 한다. 안기종은 바로 충순위 순민의 증손이다.

안기종의 선대는 6대조 헌납공獻納公 도堵가 경기 장단에서 남하하여 영산에 거주하였고, 그 후 조 참봉 윤옥潤屋이 의령 안동安洞으로 이거하였다. 안기종의 선조는 2세 도堵 이래 수대에 걸쳐 효행으로 정려를 받아 세상에서 7효로 일컬어지기도 하였다.

안기종은 호가 지헌止憲이다. 『지헌실기』의 연보에 의하면, 그는 명종 11년에 의령현 안동安洞에서 출생하였고, 매죽와梅竹窩 노극성盧克誠, 뇌곡磊谷 안극가安克家, 설학雪壑 이대기李大期, 탁계濯溪 전치원全致遠과 도의로 교제하였다. 그도 또한 효행으로 조정에 알려져 특별히 음직으로 사옹원 봉사에 제수되었다. 난후 군자감 판관, 군자감 정 등의 벼슬을 거쳤으며, 망우당의 장례 때는 호상을 맡았고, 망우당을 향사하는 충현사의 건립을 주도하기도 하였다. 인조 7년에 직장 이성로李性老, 괴당槐堂 이만승李曼勝 진사 이각李恪과 더불어 금란계金蘭契를 조직하였으며, 이 때의 이약입의里約立議 및 입규立規가 오늘날도 전하고 있다.

⑯ 조사남曺士男(1560~1592)

관향이 창녕이다. 그는 의령 가례 수정촌에서 태어났 는데 이 곳은 증조 달하達夏, 조부 신信의 묘가 있는 곳 이다. 조사남의 선조는 고조 충가忠可 때 처음으로 함안 에 이거하고, 그 뒤 증조와 조부 때에 다시 의령 가례로 이거하였고, 그의 부친 때에 의령 상정上井에 살기 시작 하였다. 조사남의 가계는 부친이 후릉厚陵 참봉을 지냈 고, 조부가 만호萬戶였으며, 증조가 현감을 지냈다는 데 서 알 수 있듯이 사족으로서의 가세를 꾸준히 이어오고 있었다. 『승지공사실록承旨公事實錄』에 따르면, 그는 진사 성여신成汝信, 봉사奉事 윤탁尹鐸 등과 더불어 남호南湖 정경량鄭慶良의 문인이었다고 한다. 그의 가계와 주요 행 적은 영의정 남공철南公轍이 찬한 묘갈명에 비교적 자세 히 전한다.

망우당은 전공을 탐하여 왜적의 목을 베는 것을 원래 금하였다. 그러다가 어느 때의 지산砥山 전투에서 수많 은 왜군을 사살하자 왜군의 목을 베는 것을 일시 허용한 일이 있었다. 조사남은 이 때 가장 먼저 적선에 올라 왜 적의 머리를 베다가 거짓 죽은 체 하고 있던 왜군에게 저 격을 당해 전사하였다.

조사남의 후손가에는 재주財主가 고훈련봉사故訓練奉事 조사남曺士男의 처 정씨로 되어 있고 정씨의 수장手掌이 있는 분재기가 전한다. 이 문서를 통해 미망인 정씨는 양자 국익國翼이 있었고 일시적으로 재산 관리를 장조카에게 허여한 사실 같은 것이 확인된다.

⑰ 주몽룡朱夢龍(1561~1633)

그의 관향은 신안新安이다. 신안 주씨는 중국 송나라 신안현 사람인 주잠朱潛을 시조로 한다. 그는 성리학을 대성한 남송의 유학자 주희의 증손으로 송이 멸망하려 할 때 아들 여경餘慶을 데리고 바다를 건너 망명해 온 인물로 전한다.

주몽룡의 가계는 7세 문간공文簡公 인원印遠을 파조로 하는데 문간공 인원 이하 15세 서序까지의 생활 근거지는 분명하지 않다. 다만 고조 내근乃謹의 묘가 경북 월성月城군 견곡면見谷面에 있고, 증조와 조, 부의 묘가 진주 남면 구수九水에 있는 것으로 보아 그의 증조 때에 경주 월성에서 진주 나동으로 이주하였던 것으로 추정된다. 주몽룡의 묘는 진주 나동면 삼계리三溪里 사동沙洞 칠봉산七峰山에 있으나, 그의 처 김해 허씨와 진양 강씨의 묘는 모두 구수동九水洞 선영 아래에 있다. 진사 유의한柳宜漢이 찬한 주몽룡의 묘비문에는, "공은 사천의 장천리獐川里 본제에서 출생하였는데, 출생하기 전 3일 동안 장천의 물이 마르더니 공이 출생하자 본래와 같이 흘렀다"라든지, "뒤에 진주로 돌아와 살면서 오탐명五貪銘과 오난명五難銘을 지어서 스스로를 경책하고 후손들에게 법도를 주었다"라는 기록이 그의 행적과 관련해서 언급되고 있다.

10

난중의 벼슬살이

7년여를 끈 왜란 기간 동안 망우당이 무관無官의 의병장으로서 군사 활동에 종사한 기간은 그다지 길지 않다. 그 보다는 오히려 목사, 조방장, 방어사와 같은 관직을 지닌 관인의 신분으로 군사를 지휘하거나 이와 연관된 군사 활동에 종사한 기간이 훨씬 길었다. 그의 의병 활동이 조정에 알려지면서 그에게 제수된 첫 벼슬은 종6품직의 유곡도 찰방이었다. 뒤이어 경상 감사 김수에 대한 격서 사건의 무마와 함께 정5품직의 형조정랑이 제수되었다. 그러나 이들 관직 임명에 따른 교첩이 그에게 이르는 데는 두 달여 이상의 시일이 소요되었고, 전란 중이라 현직에 취임할 수도 없었다. 그는 왜란이 일어난 이듬해 계사년 봄까지도 여전히 의병장으로 활동하였다.

유곡찰방, 형조정랑에 뒤이은 왜란 중 그의 관직 이력

을 『망우집』 연보를 통해 살펴보면 다음과 같다. 즉 임진년 10월에 절충장군으로 승진하여 조방장을 겸하였고 계사년 12월에 성주목사로서 조방장을 겸하다가 갑오년 가을에 목사직을 버리고 조방장의 직임만을 수행하며, 을미년 봄에 진주목사에 임명되나 가을에 목사직을 떠나며, 진주목사에서 물러난 이후 한동안 현풍 가태에 머물다가, 정유재란이 일어날 당시 경상우도 방어사의 직책을 맡고 있었던 것으로 기록되어 있다.

곽재우의 관직 이력과 관련된 『망우집』 연보의 이러한 기록은 다소의 오류가 보인다. 우선 그가 처음 조방장으로 임명된 시기나 성주 목사에 임명된 시기가 실록의 기록과는 차이가 있다. 『선조실록』에 따르면 그가 성주 목사에 임명되는 것은 계사년 4월 15일로 연보에 계사년 12월이라고 한 것과는 지나치게 시간적 격차가 있다.[1] 그리고 이 때 성주 목사로 임명될 때에는 조방장이라는 겸직을 띠지 않았다. 조정에서는 그가 성주 목사로 임명되던 이 해 9월에, "한 고을 수령의 호령은 그 고을에만 시행될 뿐 다른 고을에는 미칠 수가 없다"고 해서 그를 성주 목사에서 조방장으로 체임시키는 조처를 취하였음이 확인된다. 이후 그는 줄곧 경상도 조방

---

1) 『선조실록』 37권, 26년 4월 기해.

장으로 활동하였다.[2]

조방장은 병사나 수사 등의 주장主將을 보조
하는 위치에 있는 장수로 주장의 명령에 따라
주어진 임무를 수행할 뿐 독자적인 지휘권을
행사할 수 없었다. 또한 그가 조방장으로 있는
동안은 명과 일본 간에 화의가 진행 중이어서
전쟁이 소강 상태에 있었다. 이 동안 그가 주
로 한 일은 산성 수축에 관한 업무를 관장하는
것이었다.

윤두수초상

그러다가 그가 군사 작전에 투입되게 되는 것은 선조
27년(1594) 9월 거제도 공격 작전에서였다. 이 때의 작전
은 평소 왜군과의 화의를 반대하고 전쟁을 주장하던 좌
의정 윤두수의 지시에 따른 것이었다. 윤두수는 3도 도
체찰사가 되어 남원으로 내려와 당시 거제도에 주둔하고
있던 왜적에 대한 공격 작전을 하달하였다. 이 때의 작
전은 도원수 권율의 지휘하에 통제사 이순신과 우수사
원균이 각기 수군을 지휘하고, 충용장 김덕령과 육병장
곽재우가 각기 육군을 지휘하여 수군과 육군이 합동으로
거제 왜성에 주둔하고 있던 왜적을 공격하는 것이었다.

망우당은 거제의 왜성에 대한 공격 작전이 무모하다고
판단하여 도원수 권율에게 중지를 요청하기도 하였으나

2)『선조실록』42권, 26년 9월 기미,『선조실록』42권, 26년 9월 경신.

이순신과 곽재우, 김덕령 간의 군사
작전 약속에 관한 기록(『난중일기』)

상부의 명령이라 어쩔 수가 없이 작전에 참여하였다. 그러나 연일 공격의 위협에도 왜군이 성문을 굳게 닫고 지키기만 할 뿐 성 밖으로 나와 응전하지 않자 이순신은 마침내 배에 타고 있던 육군의 상륙을 지시하였다. 망우당은 상륙하면 틀림없이 패할 형세라고 판단하여 이순신의 이 지시를 거절하였고, 마침내 형세를 도원수 권율에게 보고하고 떠나버렸다.[3]

망우당이 이순신의 지시를 거절한 사실은 이내 조정에 보고되었다. 이해 11월 선조는 이 사실을 거론하여 "왜적은 나라의 원수일 뿐만 아니라 사람마다 부모 형제 처자의 원수이건만, 분격하여 적을 살해할 의사가 조금도 없는 것은 무엇 때문인가"라고 하여 당시 곽재우의 처사를 못마땅하게 여겼다. 망우당이 이순신의 상륙 지시를 거부한 이 때의 행동은 자칫 그의 신변에 위험을 불러올 수도 있는 일이었다. 이때 유성룡이 자신들도 뭍에 내리는 계책을 듣고는 패배할 것이 염려되어 계달하려고 하였으나 수군과 합세한다는 소식 때문에 알리지 않았다고 하여 곽재우의 거취가 전략상 판단이었음을 피력하여 그

---

3) 『선조실록』 57권, 27년 11월 기묘.

를 비호하였다.

여하튼 거제 공격 작전은 아무런 성과가 없었을 뿐만 아니라 통제사 이순신과 우수사 원균 사이에 심각한 불화만을 조성하였다. 두 장수의 불화가 형세상 용납되기 어렵다고 판단하여 조정에서는 경상 수사 원균을 다른 장수로 교체하기로 결정하였다. 이 때 비변사에서는 곽재우를 경상 우수사로 추천하기도 하였으나 끝내 선조의 응낙을 받지 못하였다.[4] 대신에 그는 이 해 12월 말에 진주 목사로 임명되었고, 이 때 진주 목사로 임명되면서는 경상도 조방장을 겸하게 되었다.[5]

그런데 진주 목사로 임명되면서부터 그는 이내 관직을 떠날 뜻을 보이기 시작했다. 당시 곽재우를 진주 목사에 임명한 사실이 알려지자 조정 일각에서는 "곽재우의 장수됨은 진주 목사만 되고 말 인재가 아닙니다", "남방 사람들은 곽재우를 든든히 믿고 있습니다", "망우당은 장수의 자질을 가졌다고 합니다", "진주가 패할 때 곽재우의 의논을 따랐다면 진주는 보존될 수 있었을 것이라고 합니다"라고 하는 등 곽재우에게 중책을 맡겨야 한다고 거들었다.[6] 그가 벼슬에서 물러날 뜻을 보였던 것은 이러

---

4) 『선조실록』 58권, 27년 12월 갑진.
5) 『선조실록』 58권, 27년 12월 계유.
6) 『선조실록』 59권, 28년 1월 을미.

한 당시의 여론에도 불구하고 선조가 끝내 조정 중신들의 이러한 건의를 받아들이지 않았던 사실과 무슨 관련이 있을 것이다.

　그의 진주목사 사임 의사는 관찰사의 만류로 당장에 실행에 옮겨지지는 않았다. 그러나 당시 관찰사가 그에게 보낸 편지에 따르면 그가 이 무렵 이미 관직에서 물러나 은둔 생활에 뜻을 두었던 것으로 나타난다.

> (전략) 근간 오가는 사람을 통해 듣건대 영공께서는 왜적이 철수하여 돌아가고 국가가 중흥의 대업을 이루어 가고 있음을 이유로 장차 면산綿山에 은거하여 적송자赤松子처럼 살기로 하셨다고 합니다. 과연 이 말과 같다면 남들이 비웃을 것이요 영공 마음의 병임이 분명합니다. (중략) 만일 왜적들이 바다를 건너가 한 척의 배도 보이지 않고 사방의 허물어진 성터에서 농민들이 즐겨 농사를 지을 수 있을 때 각건을 쓰고 동쪽 고향으로 돌아가 호연한 뜻을 이루신다면 어찌 옳은 일이 아니겠습니까? 그 때는 저도 영공의 걸음을 따라 소요할 터이니 저에게도 솔잎 탕 한 그릇을 나누어주시지 않겠습니까.[7]

　마침내 그는 을미년(1595) 가을 목사직을 버리고 고향

---

7) 『망우집』 연보.

으로 돌아갔다. 그가 벼슬살이를 한 이후 자의에 의해 벼슬에서 물러난 것은 이 때가 처음이었다. 이후 그가 다시 관직에 나아가는 것은 병신년(1596) 봄이었다. 이미 전년 12월부터 이덕형, 윤근수 등이 곽재우를 중용할 것을 건의하여 이 때에 이르러 마침내 조방장으로 재임용하는 것으로 결정되었다.

조정에서는 처음에 그를 경상우도 방어사에 임명하는 것으로 결정하였다. 그런데 이 번에는 그가 왕명을 띠고 내려간 체찰사 이원익의 부름에 응하지 않았던 사실이 문제가 되면서 방어사 임명이 이내 철회되어 종전처럼 조방장으로 재임용되었던 것이다. 이후 체찰부사 이정형, 병조판서 이덕형이 체찰사의 부름에 응하지 않은 잘못을 적극 변호함으로써 이해 11월에 비로소 방어사로 임명되었다. 이후 이듬해 정유년 8월 계모상을 당해 벼슬에서 물러나기까지 그는 경상우도 방어사로서의 직임을 수행하였다.

그가 방어사를 역임하는 동안은 명과 일본 간에 화의가 계속 진행 중이어서 전쟁이 여전히 소강 상태에 있었고 이 동안에도 그는 주로 산성의 수축이나 방어에 관한 업무를 수행하였다. 그는 당시의 전세상 섣부른 군사적 행동 보다는 우선은 기미책羈縻策를 강구할 필요가 있다고 생각하였다. 즉, 산성을 수축하고 병기를 수선하며 군량을 비축하여 아군의 형세가 전쟁을 수행할 수 있는 능

이원익 초상

력을 갖춘 뒤에 때를 보아 움직여야 한다고 판단하였다. 이 무렵 명나라 군대를 영남으로 끌어들여 왜군에 대해 대대적인 군사적 공세를 취하려는 계획에 대해서도 그는 다음과 같은 이유를 들어 반대하였다.

범이 산 속에 있으면 그 위엄이 저절로 무거우며 용이 연못에 있으면 그 신력을 헤아릴 수가 없으나 범이 들에 나오면 어린아이들도 쫓을 것이며, 용이 뭍에 나오면 수달도 비웃을 것입니다. 명나라 군대가 호남 땅에 있는 것은 범이 산에 있고 용이 연못에 있는 형세입니다. 만약 명나라 군대가 영남으로 오게 되면 이는 범이 들로 나오고 용이 뭍에 나오는 형상이니 어찌 불가하지 않겠습니까?[8]

정유재란이 일어날 즈음 망우당은 경상좌도 방어사로 현풍의 석문산성을 신축하고 있다가 왜군의 침입을 맞이하게 되었다. 그는 석문산성을 떠나 밀양, 영산, 창녕, 현풍의 네 고을 군사를 이끌고 창녕 화왕산성으로 옮겨와 이 곳을 죽음으로 지켜낼 것을 결의하였다. 당시 화왕산

---

8) 『망우집』 1권 書 上體察使李元翼書.

화왕산성전투(상상화)

성에 당도한 왜군의 형세는 칼날 빛이 해를 가리고 군기
가 들을 덮을 정도로 무시무시한 군세를 이루고 있었다.
적의 엄청난 형세를 보고 병졸들이 모두 두려워 떨었으
나 망우당은 태연히 웃으면서 "저들이 병법을 안다면 경
솔히 침범하지는 못할 것이다"라고 하여 수비를 견고히
하기만을 명령하였다. 과연 왜군은 하루 낮밤을 살피다
가 마침내 함부로 공격할 수 없음을 알고 돌아가버렸다.
　망우당이 화왕산성으로 들어갈 때 도체찰사 이원익은
사람을 보내어 왜적이 침입한 지역 안에서 외로운 성을
지킬 수 없다고 하여 산성을 나와 후퇴하라고 하였으나
그는 다음과 같이 회보하고 따르지 않았다.

　　옛날 제齊 나라 70여 성이 함락되었으나 오직 즉묵성만은 보
　　전되었고 당나라 군사가 백만이었으나 안시성은 당해 내었
　　습니다. 오늘날 여러 고을이 다 함락된다 하여도 이 성만은

화왕산성

지킬 수 있습니다.[9]

  곽재우의 지휘하에 이루어낸 화왕산성의 성공적 방어
는 명장으로서의 그의 명성을 다시금 세상에 알리는 계
기가 되었다. 그러나 이 때 성 안에서 계모 허씨가 병졸
하자(8월 29일) 그는 벼슬에서 물러나 강원도 울진으로
피난하여 이 곳에서 상제喪制를 지켰다. 이 동안 여러 차
례 관직 복귀의 명을 조정으로부터 받게되나 끝내 나아
가지 않았다. 그는 강원도 울진현 피난 기간 동안 줄곧

---

9) 망우집 연보.

상복을 입고 상례를 지켰으며, 상
중에 있는 사람이 남에게 신세를
질 수 없다고 하여 폐양자를 만들
어 팔아 생활하기도 하였다.

그가 수차례의 관직 복귀 명령
에도 불구하고 이를 따르지 않은
까닭은 상제를 지키는 일을 무엇
보다 중시했던 것으로 나타난다.

선조 30년(1597) 9월 경상도우방어사
곽재우에게 내린 유지. 당시 곽재우는
관직에서 물러나 울진에 있었다.

그는 상중에 있는 사람이 복직하여 벼슬길에 나아가는
것을 옳지 않다고 여겼다.

기복起復이란 언제부터 시작된 것입니까. 송宋 이종理宗이
사숭지史崇之를 기복시키려고 하자 태학생이 간하기를 "효가
대신들로부터 행해지지 않는다면 이는 천하로 하여금 아버
지 없는 나라로 만들게 된다"고 했습니다. 그 후로 예법이 없
어지게 되어 가사도賈似道나 진의중陳宜中의 무리가 기복하
여 평장사가 되기도 하고 재상이 되기도 했습니다. 사방득謝
枋得이 말하기를 삼강三綱과 사유四維가 하루 아침에 단절되
었으니 이것이 백성들이 남에게 참살을 당하게 되는 까닭이
니 송나라가 멸망해도 구제할 방도가 없다고 했습니다. 기복
이 무익함은 옛부터 그러했습니다. 우리나라는 임진년 변란
이후 조정 중신들 가운데 기복한 이가 많았으나 몸과 마음을
다해 전하께 충성한 자를 한 사람도 듣지 못했고 은덕을 저

버리고 생명을 도둑질하며 구차스럽게 사는 자들이 득실거릴 뿐이니 기복의 무익은 지금이 더욱 심합니다. 조금도 이익이 없을 뿐 아니라 도리어 떳떳한 인륜 기강을 무너뜨려 사람을 오랑캐나 짐승이 되게하면서도 그것을 알지 못하게 합니다. 그렇게 되면 장차 그 누가 능히 전하를 위해 절개를 지키고 의리에 죽겠습니까?[10]

사기복소(辭起復疏,『망우집』)

그가 여러 차례 관직 복귀의 명을 받으면서도 이를 받아들이지 않는 것은 이처럼 유교 윤리, 특히 효행의 실천을 무엇보다 중시했던 때문으로 나타난다.

한편 울진현에서 피난 생활을 할 무렵부터 그는 정치적 소신을 피력하는 것도 마다하지 않았다. 그는 당시의 시국에서 무엇보다도 중요한 것은 흩어진 민심을 수습하는 일이라고 여겼고 이를 위해서는 국왕 자신이 허물을 뉘어쳐 바로 잡는 일이 중요하다고 주장하였다.

신은 듣건대 나라는 반드시 자기 나라가 자기 나라를 친 다음에 남의 나라가 자기 나라를 치는 법이라 하옵니다. 풍신

---

10)『망우집』 2권 소 辭起復第一疏.

수길이 비록 심히 강포强暴하다 하더라도 우리가 틈을 탈 여지를 보이지 않았다면 어찌 능히 이와 같이 흉악하기 그지없는 짓을 저질렀겠습니까. 신은 혹시라도 전하께서 전하를 친실마리를 만드시고 풍신수길이 그 틈을 탄 것이 아닐까 두렵습니다. 전하께서는 지난날의 허물을 통렬히 고치심으로써 민심을 수습하셔야 할 것이옵니다. 민심이 공고하게 되면 하늘의 뜻은 회복될 수 있을 것이며, 중흥의 대업은 날을 정하고서 기다릴 수도 있을 것입니다.[11]

---

11) 『망우집』 2권 소 辭起復第一疏.

영암 유배

망우당이 울진에 들어간 다음 해 선조 31(1598)년 11월에 도요토미 히데요시의 죽음으로 왜군이 퇴각하여 7년 동안을 끌어온 전쟁도 끝이 났다. 그러나 왜군이 어느 때 다시 침입할지 알 수 없었으므로 조정에서는 이에 대한 대비책을 세울 필요가 있었다. 선조는 이듬 해 2월 곽재우를 경상우도방어사 겸 진주목사로 임명하고는 또다시 기복하라는 유지를 보냈다. 그는 여전히 상제가 아직 끝나지 않았다는 이유로 나아가지 않았다가 3년상을 마친 이 해 10월에 경상좌도 병마사로 울산 병영에 부임하였다.

그가 울산 병영에 부임해 군사를 점검해보니 군사들이 모두 수군에 배속되어 병영 소속의 수성군守城軍은 상시 근무병이 백 여명에 불과하였다. 그는 다음과 같은 장계

125

를 올려 병영의 병사를 증강해야 할 필요성과 그 방안을
건의하였다.

본영은 적으로부터 맨 먼저 공격을 받는 지역인데 군사의 수
가 이렇게 적으니 방어할 일이 매우 염려스럽습니다. 전일에
받았던 유지有旨의 서장書狀에 "왜노가 재침하려는 계획이
형상으로 드러나 우매한 필부라도 틀림없이 올 것을 알고 근
심하니 오늘날의 근심은 지난번보다 더욱 크다. 육군을 정돈
하는 일은 모두 경과 진관鎭管에 달렸다. 병마와 군기를 완
벽하게 정비하여 변란에 대비하라"고 유시하셨습니다. 왜적
이 재침할까 조석으로 염려되어 변란에 대비할 일이 하루가
급한데 군병이 초라하고 모자란 것이 이 정도로 극에 달하였
으니 방비할 일이 매우 염려스럽습니다.

신의 어리석은 생각으로는 적을 막는 데는 성을 지키는 것이
제일 좋다고 봅니다. 변성邊城을 안지키면 적이 올 경우 틀
림없이 무너질 것이니 군대가 흩어지고 장수가 달아나면 어
떻게 적을 막겠습니까. (중략) 임진년 이전에 변성을 크게 축
조하였으나 마침내 지키지 못하였고, 변란 뒤에 또 산성을
쌓았는데 지키지 못하여 진주晉州가 함락당하고 황석黃石이
또한 패하였습니다. 이런 일이 있은 뒤로 군민은 모두 성을
죽음의 장소라고 하였고 의논하는 사람도 역시 성은 지킬 수
없는 곳이라고 하였습니다. 성을 지키기 어렵다고 한다면 모
르지만, 지킬 수 없다고 한다면 역시 잘못이 아니겠습니까.

(중략) 신이 도산성島山城을 보니, 청적淸賊이 수만 명의 인부를 동원하여 함락시킬 수 없는 성을 쌓았는데, 그 성이 비할 데 없이 견고합니다. 또한 끊어진 산을 이용하여 성을 쌓으니 매우 교묘하여 바로 평지 가운데 생긴 한 개의 산성이며, 외성外城의 둘레가 6백여 발(把)에 불과하므로 정병 2천 명이 넉넉히 지킬 수가 있었습니다. 내지의 병사는 전투에 익숙하지 못한 데다가 길이 또한 멀어서 변경에 급한 일이 생기면 병사를 모으는 일이 매우 어려우니, 변란을 만나 위급할 때 양식도 없는 군대를 끌고 텅 빈 성을 들어가서 지킨다면 패할 것이 분명합니다. 경주와 울산의 군대는 8년 동안이나 적을 토벌하여 전투에 익숙해 있으니 정병精兵이 많지 않다고는 못할 것입니다. 만일 공사천公私賤을 가릴 것 없이 본토의 유민을 모두 모은다면 경주와 울산 양부兩府에 수성군守城軍 2천여 명은 얻을 수 있을 터이니 이 군대로 영구히 성을 지키게 하고, 그 나머지 내지의 각읍에서 모은 여러 계통의 잡군雜軍 6천여 명으로 수성군의 봉족奉足을 삼아 1인당 1년에 쌀 20여 두斗씩을 내게 하면 2천 명의 1년 양식을 지탱할 수가 있을 것입니다. 이렇게 되면 내지에 양식을 공급하는 사람은 즐거운 마음으로 양식을 보낼 것이고 경주와 울산 지방에서 뽑은 입방군도 원망이 없을 것입니다. 그리고 수성군에게도 비록 1년치의 양식을 주었지마는 무사한 때를 틈타 서로 교대해 가면서 농사지으러 보내어 부모 처자를 봉양하게 하면 윗사람을 친애하고 어른을 위해 죽겠다는 각오

가 우러러 섬기고 아랫사람을 양육하는 가운데 저절로 생겨나, 바쁘고 당황한 가운데 무기를 버리고 도망치는 염려가 없어질 것입니다.

신이 이런 계획으로 도순찰사 한준겸韓浚謙에게 의논하였더니, 내지의 군대는 모두 주사 격군舟師格軍으로 편입시켜도 오히려 부족하여 급보군保軍 6천여 명을 모을 방도가 없다고 하니, 신의 어리석은 계획을 실천해 볼 방법이 없어 매우 안타깝습니다. 조정에서는 주사만을 중히 여겨서 온 나라의 힘을 주사에 집중시키니, 적군이 쳐들어 올 때 주사와 전투를 한 뒤에 육지로 올라온다고 보면 그 계획이 잘 된 것이지마는, 만일 주사를 두려워하여 하루아침에 바람을 타고 몰려와서 갑자기 육지로 상륙한다면, 신은 주사가 손을 써볼 겨를도 없이 전일과 같이 되지 않을까 두렵습니다. 그렇게 되고 난 뒤에 변경의 방어는 그 책임이 육군의 장수에게 있는데, 그럴 경우 달리 계책을 쓸 방도가 없을 것이기에 망령된 생각으로 계품하오니, 조정에서 헤아려 조치하소서.[1]

그가 올린 이러한 장계에 대해 당시 조정에서는 수군 중심의 방비 대책을 고수하여 재고의 여지를 보이지 않았다. 뿐만 아니라, 육군의 초라한 실정과 그에 대한 보강책 또한 수륙군을 절제하는 권한을 가진 순찰사가 헤

_____

[1] 『선조실록』 120권, 32년 12월 무자.

아려 처리할 수 있는 일이라고 하여 어떠한 대책도 마련하지 않았다.

이로부터 불과 수개월이 지난 이듬해 2월 망우당은 한 통의 상소문을 올리고 벼슬자리를 박차고 떠나버렸다. 이 때의 상소에서 그는 우선 당시 당쟁의 병폐를 신랄하게 비판하는 한편 자신이 병사직을 수행할 수 없는 이유를 세 가지로 제시하였다. 상소 전문을 옮기면 다음과 같다.

신의 어리석은 소견으로 지금의 국세를 살펴보건대 위태롭기가 그지없습니다. 종묘사직이 모두 불타버렸고 백성은 열에 한 둘만 살아 남았습니다. 이런 때에 중흥시킨다는 것은 역시 어려운 일입니다. 그러나 적추賊酋 수길秀吉이 죄악이 찰대로 차서 하루 아침에 죽어버렸으니 이는 하늘이 우리 동방을 도운 것으로 전하로 하여금 중흥을 도모하게 하기 위한 것이며, 또 중국에서 천하의 군대를 동원하여 왜노를 구축하였으니 이는 천자가 동방을 진념軫念한 것으로, 전하로 하여금 중흥을 도모하게 하기 위한 것입니다. 전하께서는 진실로 뉘우치고 분발하여 어진이를 가까이 하고 간사한 자를 멀리하여 중흥을 도모해야 할 것이며, 뭇 신하들도 동심 협력하여 함께 국사를 이루어 중흥을 도와야 할 것입니다.

그런데 신이 듣기로는 조정에 동·서·남·북의 붕당이 있다고 합니다. 이것이 사실이라면 전하께서는 어느 당이 군자이고 어느 당이 소인이라고 생각하십니까? 어느 당이 군자가 많고 소인이 적으며 어느 당이 소인이 많고 군자가 적다고 여기십니까? 가까이 신임하여 의심하지 않을 현인은 누구이며 의심없이 멀리 제거해버릴 간인은 누구입니까? 전하께서 어찌 현인을 가까이 하려고 하지 않으시겠습니까마는 그가 어질다는 것을 알지 못할 수도 있을 것이며, 전하께서 어찌 간인을 멀리 하려고 하지 않으시겠습니까마는 그가 간사하다는 것을 분명히 알지 못할 수도 있을 것입니다. 대소의 뭇 신하들이 붕당으로 분립되어 자기 당으로 들어오는 자는 등용시키고 나가는 자는 배척합니다. 각기 당여를 위한 사심私心으로 서로 시비를 하면서 날마다 비방하고 공격하는 것을 급선무로 여깁니다. 그리하여 국세의 위급함과 생민의 이해와 사직의 존망에 대해서는 전혀 생각조차 않고 있습니다. 그들의 마음은 전하의 나라를 반드시 위망하는 지경에 이르게 한 뒤에야 말 작정인 것이니, 아, 통곡하고 눈물 흘리고 장탄식할 만한 일입니다. 신은 그 가운데 한두 가지를 진달하고자 하며 아울러 신이 물러가야 하는 이유에 대해서도 감히 주달하지 않을 수 없습니다.

신은 들건대, 논자들이 "성지城池는 믿을 것이 못된다. 성지를 지키는 것은 옛날의 적에나 합당하지 지금의 적에게는 합당하지 않다. 백성의 마음을 거스르면서 성을 지키려 하는 것은 잘못된 계책인 것이다"고 합니다. 이것은 진실로 과거의 일에 징계되어 목전의 이로움을 도모하려는 데서 나온 말입니다. 그러나 성지가 적을 막는 데 무익한 것이라면 어찌

서 맹자가 "여기에 못을 파고 여기에 성을 쌓는다"고 하였으며, 어째서 한유韓愈는 "서로 쟁탈함에 있어 성곽과 갑병으로 지킨다"고 하였겠습니까. 안시성을 잘 지켰기 때문에 고구려가 망하지 않았고 즉묵성이 홀로 온전하였기 때문에 제齊나라가 부흥할 수 있었던 것입니다. 성지를 지키는 것을 어떻게 그만둘 수 있겠습니까. 그런데 지금은 주사舟師에 전력을 기울이면서 성 지키는 것을 폐기하고 있습니다. 그리고 이를 조정의 성산成算으로 여기고 다시는 다른 의논을 용납하지 않고 있습니다. 이는 자사子思가 이른바 "경대부卿大夫가 말을 하고서 스스로 옳다고 하면 사서인士庶人이 아무도 그 잘못을 바로 잡을 수 없다"고 한 것과 같은 격이니, 신은 삼가 우려하는 바입니다. 그러나 우려해도 국가에는 무익한 일이니 이것이 신이 물러가야 할 첫번째 이유인 것입니다.

신이 듣건대, 논자들이 "옛날 송宋나라가 망한 것은 화의和議가 그렇게 만든 것이다. 그때 화의를 주장한 사람 가운데 진회秦檜와 왕윤王倫 같은 자들은 그 죄가 하늘에 사무쳐 천년 뒤에라도 누군들 머리털을 세어가면서 베려 하지 않겠는가. 만일 송나라가 화의로 오도되지 않고 종택宗澤과 악비岳飛의 무리로 하여금 심력心力을 펼 수 있게 하였던들 송나라의 융성을 곧바로 기대할 수 있었을 것이다. 화의가 국가를 그르치는 것을 종시 깨닫지 못했기 때문에 마침내 요遼·금金에게 망하고 말았으니 어찌 통분할 일이 아니겠는가. 지금의 왜적은 곧 송나라 때의 요·금인 것이니 화친 할 수 없는 것은 너무도 당연한 일이다. 이 왜적은 우리 나라의 큰 원수로서 영원히 풀 수 없는 원한이 있다. 따라서 화친에 대해 말하는 자는 곧 송나라 때의 진회인 것이다"고 합니다. 그러나 병법에 "병兵이라고 하는 것은 궤도詭道인 것이다. 그러므로 능하면서도 능하지 못한 것처럼 보이게 하고 쓰면서도 쓰지 않는 것처럼 보이게 한다" 하였고, 제갈양도 "병兵은 속이는 것을 꺼리지 않는다"고 하였습니다. 정백鄭伯이 몸을 드러내고 양을 몰았지만 마침내 그 나라를 보존하였고, 구천句踐도 신첩이 되기를 청하였지만 패업을 이루었습니다. 상황에 따라 권도를 펴는 모책은 진실로 폐할 수 없는 것인데, 남에게 자신을 낮출 줄을 모르는 것은 필부의 용맹인 것입니다. 대저 화친이라는 명칭은 하나이지만 화친을 하는 이유에 있어서는 같지 않은 점이 있습니다. 화친을 믿고서 방비할 것을 잊는 자는 망하는 것이요, 화친을 말하면서도 마음을 다해 노력하는 자는 보존되는 것입니다. 적국을 통제하는 것도 화친보다 더 나은 것이 없고 분을 늦추고 화를 완화시키는 것도 화친보다 더 나은 것이 없으며 적을 태만하게 하고 잘못되게 하는 것도 화친보다 더 나은 것이 없고 전쟁을 중지하고 백성을 쉬게 하는 것도 화친보다 더 나은 것이 없습니다. 화친이라고 하는 것은 병가의 궤도詭道인 것으로 폐지할 수 없는 것인데, 만일 이를 폐하려 한다면 이는 교주고슬膠柱鼓瑟과 같은 격입니다. 군대가 교전 중에도 그 사이에 사신은 왕래하는 것인데, 들리는 바에 의하면 왜사倭使를 잡아가두고 화친에 대한 말을 끊었다고 하니, 신은 강한 왜구의 원한을 도발시켜 위망의 화를 불러 들이게 될까 두렵습니다. 그런데 한 사람도 전하를 위하여 말하는 사람이 없으니 신은 삼가 통탄스럽게 여깁니다. 통탄스러워하면서도 나라에 도움을 줄 수가 없으니 이것이 신이 물러가야 할 두 번째 이유인 것입니다.

신은 듣건대, 집이 가난하면 어진 아내를 생각하게 되고 나라가 어지러우면 어진 정승을 생각하게 된다고 하였으니, 어진 정승이 국가에 관계되는 바가 어찌 크지 않겠습니까. 하夏나라의 소강小康은 1성成의 전지田地와 1여旅의 무리를 가지고 있었으니 중원을 회복한다는 것은 마치 하늘을 오르는 것과 같은 격이었습니다. 그러나 한 사람의 구신舊臣 미靡가 있으므로 인하여 두 나라의 잔민을 거두어 우임금의 구업을 계승할 수 있었습니다. 한나라의 소열제昭烈帝는 제실帝室의 종주宗冑라고 일컬었지만 웅거할 땅이 없고 부릴 백성이 없었으니 한실을 부흥시킨다는 것은 까마득히 어려운 일이었습니다. 그러나 한 사람의 제갈양을 얻어 정립鼎立의 형세를 이룸으로써 한조漢祚를 연장시킬 수가 있었습니다. 나라가 어지러운데도 어진 정승을 생각하지 않는다면 가망이 없게 됩니다. 전하께서 지난번에 이원익을 영상에 제수하자 일국의 사람들이 전하께서 사람을 얻은 것에 감탄했습니다. 그런데 영상이 된 지 얼마 안 되어 갑자기 체직시켰으니 신은 실로 그 이유를 모르겠습니다. 삼가 어진 정승이 시대에 용납되지 못하는 것을 한스럽게 여길 뿐입니다. 대저 이원익의 재능이 국인의 소망에 부응하는지는 진실로 알 수 없기는 합니다. 그러나 지난날 그가 체찰사로 있을 적에 신이 그의 언론을 들었고 그의 조처하는 것을 보았는데, 나라를 걱정하고 백성을 사랑하는 마음이 지성에서 나왔고 공평하고 청렴 근신한 행동은 천성으로 타고 난 것이었습니다. 우매한 신은 생각하기를, 참으로 조용히 죽음을 마쳐 나라를 지킬 사직신社稷臣이라고 여겼습니다. 그런데 전하께서 가까이하지 않고 신임하시지 않아 조정에서 편안히 있게 하지 못하였습니다. 이원익의 진퇴에 대한 의리는 옛사람에 견주어 보아도 부끄러움이 없습니다만 국사는 어찌할 것입니까. 신은 삼가 안타까와 합니다. 안타까와 하면서도 국가에 도움을 줄 수가 없으니 이것이 신이 물러가야 할 세 번째 이유인 것입니다.(하략)[2]

그는 자신이 병사직을 수행할 수 없는 이유를 첫째 조정에서 수군에만 힘을 기울여 육지의 산성에 대한 수비를 방치하고 있고, 둘째 전란 수습책으로 일단 왜군과 화친하는 전략이 필요한 데 이를 조정에서 거론조차 할 수 없을 정도로 배척하고 있으며, 셋째 유능한 영상 이원익이 당쟁으로 인해 부당하게 교체되는 등 국정이 잘못 흘

---

2) 『선조실록』 33년 2월 갑오.

러가고 있다는 세 가지 사유를 들었다. 그리고 이렇게 조정의 뜻이 자신의 뜻과 배치되는 데도 병사의 직임을 수행하는 것은 옳지 않다고 하여 정상적인 체임 절차를 밟지 않고 고향으로 돌아가버렸다.[3)]

망우당이 체직의 명을 받지도 않은 상태에서 병사직을 버리고 고향으로 돌아간 사실은 이내 경상 감사의 장계로 조정에 보고되었다. 사태를 접한 조정

기관소(棄官疏, 『망우집』)

에서는 병권을 전제하는 중임을 맡은 병사가 임의로 직책을 떠난 사실과 상소문 가운데 왜적과의 화친을 주장한 사실을 들어 그를 즉시 체포하고 추국하여 형율로써 다스리게 하였다. 의금부에서는 그의 죄가 장 일백 대에 먼 변방에서 군졸로 복역하는 죄에 해당된다고 보고하였다. 이로써 마침내 그는 전라도 영암에 유배되었다.

그가 임의로 관직을 버리고 귀향함으로써 유배에까지 이르게 되었던 당시의 행동에 대한 사관의 평은 다음과 같았다.

---

3) 『실록』에 따르면 그가 영암군에 부쳐진 것은 도산성 수축과 관련된 상소나 '삼퇴지유三退之由'의 내용이 문제되었다기 보다는 조정에서의 체직 허락이 있기도 전에 임의로 소임을 버렸다는 이유 때문이었다(『선조실록』 122권, 33년 2월 임인).

사신은 논한다. 곽재우는 탁월한 재질의 소유자로 어디에고 구애받지 않는 선비이다. 따라서 평소의 뜻을 기르고 전원에 살면서 출세하려 하지 않았다. 그러다가 국가가 위급한 때를 당하자 의분을 느끼고서 무리를 거느리고 나와 맹세코 적을 토벌하여 왕실을 회복시키는 것을 자신의 임무로 삼았으니 그의 강개함과 충용스러움은 칭송할 만하였다. 조정의 시비와 시정의 득실에 대해서는 곤수가 개입할 바가 아니기는 하지만, 국사가 날로 잘못되어 가는 것을 보고 어진 정승이 버림받은 것을 통분히 여긴 나머지 혈성을 다하여 소장을 올려 숨김없이 다 말하였으니, 이는 제갈 공명이 군자와 소인의 구분에 대해 간절히 진언한 것과 같은 맥락인 것이다. 애석하게도 이런 충성스런 직언이 있었는데도 그 말이 신임을 받지 못한 채 멀리 귀양을 가고 말았으니 딱하기 그지없는 노릇이다. 그러나 그가 원수와 강화를 맺을 것을 논한 대목은 학문을 닦지 않은 데서 온 잘못이 아니겠는가.[4]

망우당이 전라도 영암에 유배되어 있는 동안 조정 일각에서는 곽재우와 같은 당세의 명장을 잔약한 보堡에서 한가로이 세월을 보내게 할 것이 아니라 파격적으로 조처할 것을 건의하는 이도 있었고, 당초 그의 죄명이 재론의 여지가 있을 뿐 아니라 왜란 초기에 가장 먼저 의

---

4) 『선조실록』 122권, 33년 2월 갑오.

병을 일으켰고 재략이 출중한 인물이니 중책을 맡겨야 한다는 의견을 펼친 이도 있었다. 그러나 선조는 이를 받아들이지 않았다. 그는 1년 여를 전라도 영암에서 유배 생활을 하다가 임인년(1602)에 귀양살이에서 풀려났다.

12

벽곡찬송眸穀餐松

　귀양에서 풀려난 뒤 망우당은 현풍 비슬산에 들어가 불에 익힌 곡식을 끊고 솔잎을 먹는 생활을 하였다. 곧 이어 영산현 남쪽의 창암 강가에 정자를 짓고 이곳에서 거처하였다. 정자에는 망우정이란 현판을 걸었다. 그의 당호를 망우당이라고 하는 것은 여기에서 비롯되었다. 그는 이곳에 고기잡이 배 한척과 거문고를 마련해두고 소요자락하면서 영원히 화식을 끊고 세상사에 관한 일로 걱정하지 않으려 했다.[1]

　그가 곡식을 끊고 솔잎을 먹는 생활을 실제로 시작하기는 이보다 앞서 영암에 유배되었을 때 부터였다. 뒷날 광해군이 즉위하여(1608) 그를 평안도관찰사에 임명하기

---

1)『망우집』5권 부록 遺事.

위해 불렀을 때, "신이 곡식을 끊은지 이미 8년이 지나 살갗은 마르고 몰골은 시들어 결코 인간 세상의 일을 감당하지 못하게 되었습니다"라고 상소로서 이러한 사실을 밝히기도 하였다.[2] 그의 사위인 성이도成以道가 장인의 죽음을 애도하는 만사에도 그의 벽곡 생활이 유배 시절에 시작되었다는 사실이 언급되고 있다.

그의 벽곡 생활이 조정에서 처음 거론된 것은 영암 유배에서 풀려난 다음 해인 선조 36년(1603) 그가 상주 목사를 사피하면서였다.[3] 그러나 이 때는 일시 거론만 되었을 뿐 사실 자체가 잘못 알려진 것으로 치부되어 그다지 주목받지 않았다. 그런데 이듬 해인 선조 37년에는 그의 벽곡 생활과 관련해서 다음과 같은 주목되는 논의가 나타나고 있다.

> 곽재우가 전에 찰리사가 되었을 때 체직되기를 매우 절실하게 바란 것은 무슨 뜻인지 모르겠습니다. 대개 영남의 풍속이 전과 같지 않아 유사儒士라는 자들이 논의를 주도하여 혹 약간이라도 유사에게 미움을 받게되면 모두 뜬 소문을 퍼뜨리기를 '조정에서 곽재우를 찰리사에 합당하게 여기지 않는다'라고 하여 그의 마음을 편안하지 못하게 합니다. 그래서

2) 『망우집』 2권, 소 辭召命疏.
3) 『선조실록』 158권, 36년 1월 신미.

전일 선산부사로 체차하였고 또 선산부사에서 찰리사로 도로 제수하였으니, 벼슬이 옮겨진 것이 다 근거없는 말에 동요되어 나온 것입니다. 이 때문에 그도 기어이 체직되기를 바랐던 것입니다. (중략) 지난번 그가 집에서 거처하는 것을 보니 밥을 먹지 않고 솔잎만을 먹었습니다.[4]

이처럼 당시 그가 관직에 있을 때는 "조정에서 곽재우를 합당하게 여기지 않는다"라는 소위 뜬 소문이 돌았다는 것이고, 이 때문에 그는 관직 생활을 불안하게 느꼈다는 것이다. 즉 조정의 진의야 여하튼 그는 당시 자신의 관직 생활에 불안을 느꼈던 것 같고 이것이 그의 관직 사피와 벽곡 생활에 관련이 있었던 것으로 나타난다.

망우당은 갑진년(1604) 봄에 찰리사의 직임을 잠시 맡아 도내 산성의 형세를 순심하는 등의 일을 하였으나, 이후 선산부사, 안동부사 등의 벼슬에 제수되었을 때도 나아가지 않았다. 그 뒤 을사년(1605) 3월 재차 찰리사의 소명을 받들어 상경하였고, 얼마 뒤 한성 우윤이 되었으나 병을 칭탁하여 이내 사임하고 귀향하였다. 이후 선조 말년까지 망우정에서 생활하면서 다시 벽곡 생활을 계속하였다.

망우당의 벽곡 생활이 조정에 알려지면서 차츰 그의

---

4) 『선조실록』 177권, 37년 8월 병술.

선조 38년(1604)과 39년(1605) 찰리사
곽재우에게 내린 유지

벽곡 생활이 명교에 해를 끼치는 불순한 행동이라는 물의를 일으키게 되었다. 그리하여 선조대 말년에는 망우당의 벽곡 행위에 대해서는 이를 엄격히 다스려야 하고, 유생 가운데 그를 추종하는 무리를 색출하여 과거 응시 자격을 박탈하는 등 엄격히 다스려야 한다는 논의가 일어났다.

전 우윤 곽재우는 행실이 괴이하여 벽곡을 하고 밥을 먹지 않으면서 도인導引·토납吐納의 방술을 창도하고 있습니다. 성명聖明의 세상에 어찌 감히 오활하고 괴이한 일을 자행하여 명교名教의 죄인이 되는 것을 달게 여긴단 말입니까. 파직하고 서용하지 말아 인심을 바로잡으소서. 선비들 가운데 무뢰한 무리들이 혹 이 사람의 일을 포양褒揚하여 본받는 자가 또한 많으니, 사관四館으로 하여금 적발해 정거停擧하게 하여 사도邪道를 억제하는 법을 보이소서.[5]

5) 『선조실록』 211권, 40년 5월 병인.

망우당 곽재우

처음 선조는 사헌부의 이러한 건
의를 받아들이려 하지 않았다. 그러
나 망우당은 선비들 사이에 널리 이
름이 알려진 유명 인사로서 여러 사
람의 추앙을 받고 있고 이미 벼슬이
재상의 반열에 있으니, 만약 책벌을
가하지 않으면 장래의 화를 헤아릴
수 없다고 하였다. 또한 당시 선비들
가운데 선도를 배우는 무리들 중에
는 곽재우를 자신들의 영수로 삼는
자들까지 있음을 거론하여 마침내 선
조의 허락을 얻게 되었다. 이처럼 망

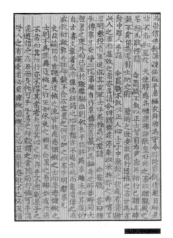

곽재우의 벽곡도인을 탄핵한 기록
(『선조실록』)

우당은 그의 벽곡 생활로 말미암아 일반 식자층이나 대
중에게 위험한 사상적 영향을 끼치는 요주의 인물로 간
주되기도 하였다.

한편 그의 벽곡 생활은 김덕령의 죽음과 관련이 있는
것으로 이해하는 사람이 많았다. 김덕령金德齡이 뛰어난
용맹과 공적에도 불구하고 이몽학의 난에 연루되어 비명
에 죽자, 그 자신도 이름난 장수이기에 마찬가지의 화를
당하지 않을까 하는 두려움이 그로 하여금 세상을 도피
하도록 했다는 것이다.[6]

6)『선조실록』177권, 37년 8월 병술.

망우당은 왜란 중 휘하에 적지않은 병사를 거느리고 왜적을 상대로 수많은 실전적 전투를 치룬 뛰어난 의병장으로 당시 널리 이름이 알려졌던 인물이다. 또한 군사 지휘자로서의 능력이 조정에 알려져 조방장, 방어사, 병마사와 같은 군직을 맡게 되면서 관군을 이끌고 여러 형태의 군사 업무를 수행하여 역시 탁월한 지휘관으로서의 명성을 쌓았던 인물이다. 그의 이러한 뛰어난 장수로서의 능력이나 명성은 조정으로 하여금 그의 출처와 거취를 주시하게 하였고, 이 때문에 그 또한 항상 조정의 주시를 의식하지 않을 수 없었다.

조정에서 곽재우를 요주의 인물로 주시하고 있었음은 일찍이 그가 찰리사察理使로 임명될 때의 논란을 통해서도 엿볼 수 있다. 그가 처음 찰리사로 임명된 것은 선조 37년(1604) 2월로 당시 그는 망우정에서 생활하고 있었다. 이 때 조정에서는 그를 이대로 재야에 방치해 둘 것이 아니라 병마사와 같은 중책을 맡겨야한다는 논의가 있었다.[7] 그러나 조정은 대규모 군대의 지휘권을 온전히 행사하는 병마사의 직책을 그에게 맡기는 일을 위험시하여 결국에는 그를 찰리사로 임명하였다. 찰리사는 왕명을 받은 사신의 직임으로 도원수의 지휘를 받아 방수 업무 따위를 수행하는 임시적 직책일 따름이었다. 당

7) 『선조실록』 171권, 37년 2월 갑오.

시 곽재우를 찰리사로 임명한 것에 대한 사관의 논평이
다음과 같다.

> 곽재우의 전수戰守한 공로와 충의의 절개가 사람들의 이목에
> 전파되어 장수들 중의 으뜸이 되었으니, 변방의 직임을 주어
> 하나의 보장保障을 만들게 해야 할 것이다.(중략) 이제 다시
> 기용하는 것은 참으로 여망에 부응되는 것이지만 아깝게도
> 서용한다고는 하나 오히려 휘하에 예속되는 것을 면하지 못
> 하게 함으로써 그의 큰 재능을 끝내 펼 수 없게 하였으니, 이
> 것이 이른바 영웅이 무재武才를 쓸 곳이 없다는 것으로, 참
> 으로 한탄스러울 뿐이다.[8]

  사관의 평이 이렇고 보면 당시 조정의 여론이 어떠했
는가를 짐작할 수 있다. 그의 찰리사 임명과 관련하여 이
러한 소문이 널리 알려졌을 것이니 그 또한 이러한 사실을
모를 리 없었을 것이다. 그가 찰리사가 되었을 때 체직되
기를 매우 절실하게 바랐던 까닭이나, "조정에서 곽재우를
찰리사에 합당하게 여기지 않는다"라는 소문이 영남 지
역 유사들 사이에 돌았던 까닭도 이 때문일 것이다.
  사헌부에서 망우당의 벽곡도인 생활을 문제삼을 당시
에는 허균許筠(1569~1618)도 불교를 숭신한 행적이 역력

---

8) 『선조실록』 171권, 37년 2월 정유.

하다고 하여 그와 함께 탄핵 대상 인물로 거론되었다. 뒷날 허균은 망우당의 벽곡도인에 대한 자신의 생각을 다음과 같이 피력하였다.

> 지금의 곽공은 포의로써 칼을 들고 일어나 지방의 장관들을 힐책하고 그 권세를 잡으니 따르는 자가 구름 같았다. 이로써 한창 날뛰는 왜구를 무찔러 여러 차례 큰 전공을 세우니 적이 두려워 꺼리는 대상이 되었고, 기풍과 공렬이 한 시대를 뒤흔들었으니 참으로 사람들의 의혹을 열어 놓기에 충분하였다. 공은 대체로 "공적이 너무 높으면 그에 상당한 상을 줄 수 없다"는 이치를 알았기 때문에 일찍이 떠나버리려 하였는 바, 떠나가는 데 있어 명분을 세우기 곤란하므로 벽곡한다는 것으로 핑계를 대고 그 자취를 감춘 것이다. 이것은 바로 장량이 걸어갔던 옛 길로서 공이 그 길을 답습한 것이다.[9]

여기서 "사람들의 의혹을 열어 놓기에 충분하였다"라는 말에서 뜻하는 '의혹'이란 신하된 사람의 공훈이 크고 위세가 높아져 반역이라도 도모하지 않을까 하는 의혹을 의미하는 것이다. 곽재우와 함께 같은 시기에 사헌부의 탄핵에 얽혀 들었던 허균이 곽재우가 벽곡도인 생활을 했던 까닭을 이와 같이 해석하고 있음은 주목하지 않을

---

9) 『惺』『所覆瓿藁』 12권 文部 辟穀辨.

수 없다. 여하튼 선조는 그의 말년에 이
르기까지도 곽재우에 대한 의혹의 눈길
을 거두지 않았으니, 곽재우 또한 그와
같은 국왕과 조정의 주시를 모를 리 없
었을 것이다.

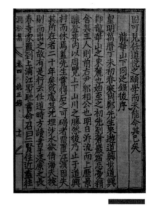

용화산 아래에서 뱃놀이에 관한
기록(『간송집』)

그가 벽곡 생활을 할 당시인 정미년
(1607)에는 한강寒岡 정구鄭逑(1543~
1620)와 여헌旅軒 장현광張顯光(1554~
1637)이 망우당의 거처를 방문하여 용화
산 아래에서 함께 뱃놀이를 한 적이 있
었다.10) 이 날의 뱃놀이에 참가하였던
간송澗松 조임도趙任道는 이들 세 사람의 명사에 대한 느
낌을 '정선생의 영호英豪한 덕망', '장선생의 혼후渾厚한
기상', '곽우윤의 쇄탈灑脫한 흉금'으로 표현하였다.11)
당시의 망우당에 대하여 '쇄탈한 흉금'으로 표현하고있
는 데서도 이 즈음 그의 벽곡 생활의 모습이 잘 드러나
고 있다.

『망우집』에는 망우당의 벽곡도인 생활과 관련이 깊은
세 점의 유묵遺墨이 수록되어 있다. 이 가운데 하나는 제

10)『망우집』연보 및 『澗松集』別集 卷1, 龍華山下同泛錄後序.

11)『澗松集』別集 1卷 龍華山下同泛錄後序, "若鄭先生之英豪德望.
張先生之渾厚氣像. 郭右尹之灑脫胸襟. 聞諸古昔. 尙且興感.況今
竝生當世. 親見其面目. 同時咸聚於一舟之中(하략)".

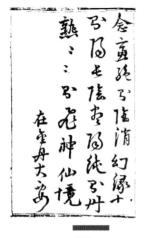

유묵

목이 없는 유묵이고 나머지 둘은 '조식잠調息箴', '양생명養生銘'의 제목이 붙어 있다. 이들 유묵의 글귀를 옮겨보면 다음과 같다.

무제無題 : 염려念慮를 끊으면 음기가 소멸되고 환연幻緣을 비우면 양기가 자라나니, 음기가 다하고 양기가 순수해지면 단丹이 익게 되고, 단이 익게 되면 신선의 경지에 날아오르게 된다.(念慮絶則隔消 幻緣切則陽長 陰盡陽純則丹熟 丹熟則飛神仙境)

조식잠調息箴 : 비움이 지극하고 고요함이 독실하면 맑고 깨끗해지며, 잡념을 그치고 근심을 끊으면 그윽하고 깊숙한 경지에 이르게 되어, 수기水氣가 솟아 몸을 윤택하게 하고 화기火氣가 일어 몸을 덥히게 되니, 정신과 기운이 혼합되어 안정 속에 단이 이루어진다.(虛極靜篤 湛湛澄澄止念絶慮 杳杳冥冥 水生澆灌 火發薰蒸 神氣混合 定裏丹成)

양생명養生銘 : 양생의 방도는 기를 닦아내어 근본으로 돌아가는데 있나니, 참으로 비워지고 지극히 비워져야 본원으로 되돌아갈 수가 있다. 이 한 몸 안에 천지가 있고 고요함 속에 우주의 조화가 있어 마음과 호흡이 서로 어울려 저절로

단이 이루어진다.(復命之道 拂氣歸根 眞
空極虛 返本還元 壺中天地 靜裏乾坤 心息
相依 自然成丹)

자작시 유묵

이 가운데 제목이 없는 유묵은 원나
라 때 내단가內丹家인 진치허陳致虛의
『금단대요金丹大要』에서 옮긴 글귀로
신선의 경지에 오르기 위해서는 '염려
를 끊고念慮絶' '환연을 비우는幻緣空'
것이 수련의 요체라는 내용이다. 그의
당호인 '망우忘憂'는 바로 '염려를 끊는
다'는 것과 상통하는 것이기도 하다. 이 밖에 호흡을 조
절하는 법과 양생의 방도에 관한 유묵 또한 선도의 수련
과 관련이 깊은 내용이다.

망우당의 친필 유묵 외에도『망우집』에 수록된 대부분
의 시도 선도의 수련과 관련이 깊은 것들이다. 특히 그
의 당호인 '망우忘憂'가 시구 중에 나오는 시도 몇 편 전
하는 바 이를 예시하면 다음과 같다.

〈우연히 읊다(偶吟)〉

넓은 들에는 푸른 풀 우거져 있고   廣野盈靑草

긴 강에는 푸른 물결 넘실거리네   長江滿綠波

근심을 잊으니 마음 절로 고요함에   忘憂心自靜

| 불을 다스려 단사를 굽노라 | 調火煉名砂 |

〈강사에서 우연히 읊다〉(江舍偶吟 二首)〉
아래는 긴 강이요 위로는 산인데	下有長江上有山
망우 정사 한 채가 그 사이에 있구나	忘憂一舍在其間
근심 잊는 신선이 근심 잊고 누웠으니	忘憂仙子忘憂臥
밝은 달 맑은 바람 마주보며 한가롭네	明月淸風相對閒

〈감회를 읊다(詠懷)〉
영화와 작록을 사피하고 구름 산에 누워서	辭榮棄祿臥雲山
세상 근심 다 잊음에 몸은 절로 한가롭네	謝事忘憂身自閒
예나 지금 어느 때나 신선 없다 말 말게나	莫言今古無仙子
다만 한번 이 내 마음 깨달음에 있느니라	只在吾心一悟間

　　이처럼 그가 남긴 유묵이나 유고에는 선도 수련과 관련된 글이 적지 않다. 그는 수년 여에 걸쳐 벽곡 생활을 계속하였고 그 밖에 그의 행적에서도 선도에 심취한 자취가 뚜렷하다. 그러나 이 모든 것이 벽곡을 핑계로 세상과 일정한 거리를 둠으로서 명철보신하기 위한 한 방도로서 취했던 것으로 이해되고 있다.

13

광해조

선조의 뒤를 이어 광해군이 즉위한 때는 일본과의 강화로 왜란에 대한 우려가 사라진 대신 북방 여진족의 동태가 심상치 않았다. 그는 당시 "오늘날 명장은 곽재우한 사람 뿐이다"라고 일컬어졌을 정도로 이름난 장수로서는 거의 유일한 생존 인물이기도 하였다. 광해군이 즉위하자 조정에서는 그를 평안도관찰사로 임명하여 그에게 서북변 방어를 맡기는 방안이 거론되었고, 광해군도 곽재우의 기용에 즉각적인 관심을 보였다. 그러나 그는 국왕의 두 차례에 걸친 부름에도 병을 핑계로 나아가지 않았다.

두 차례의 소명에도 벼슬에 나아갈 뜻이 없음을 상소로 피력하는 한편, 그는 당시 조정 일각에서 거론된 임해군 역모 사건에 대한 온정적 처리에 대해서 강경한 입토역소(討逆疏, 『망우집』)

장을 피력하였다. 당시 원로급 대신인 이원익, 이항복, 심희수, 정구, 이덕형 등은 형제의 도리를 들어 임해군을 귀양보내는 선에서 이 문제를 마무리짓자고 하였다. 이처럼 형제간의 정의를 해치지 않는 선에서 역모 사건을 처리하자는 주장, 곧 전은설全恩說을 그는 강력히 비판하였다.

전하께서 왕위에 오르시기 전에는 진(임해군)이 참으로 전하의 형이었습니다. 그러나 전하께서 왕위에 오르신 다음의 진은 전하의 신하이옵니다. 신하는 역심을 품지 말아야 하나니 역심을 품으면 반드시 죽여야 하는 것입니다. 하물며 진은 역적을 도모한 흔적이 분명하여 가리우기 어려우므로 온 국민들이 모두 '역적 진은 죽여야 한다'라고 하옵니다. 전하께서는 마땅히 공적인 의리로서 사적인 인정을 끊으셔야 할 것입니다.[1]

그의 이러한 주장은 당시 정인홍, 이이첨 등 대북계 인사들의 주장과 같은 것이다. 그러나 실록 사관의 견해에 따르면, 그의 경우는 당시 임해군의 역모가 실상이 분명

---

1) 『망우집』 2권 疏 討逆疏.

한 것으로 잘못 확신했던 때문에 이러한 주장을 펼쳤다고 한다. 임해군에 대한 옥사는 모두가 날조해서 얽어 짠 것으로 알고 있었으나 당시 이미 기정 사실로 굳어져 차마 법대로 다루자는 얘기를 꺼낼 수 없었던 것이지 왕실의 지친이라고 하여 전은설을 주장한 것은 아니었다는 것이다.[2]

망우당이 여러 차례의 부름에도 응하지 않자 조정에서는 그를 보통의 무부武夫로 보지 말고 '현자賢者에 대한 예우'로서 대우할 것을 건의하였다.[3] 당시 조정에서 건의한 이 '현자에 대한 예우'가 정확히 무엇을 말하는지는 알 수 없으나, 광해군은 이를 받아들인 듯하다. 그에게 약을 내리고, 병의 차도를 보아 상경토록 하면서 더 이상 상경을 종용하지 않는 대신 국정에 대한 그의 충언을 듣고자 하는 뜻을 전하는 등 그에게 상당한 예우를 하였기 때문이다.

마침내 그는 국왕에게 상소로서 국정에 대한 그의 생각을 진달하였다. 그는 당시를 국가 중흥의 시기로 보고 중흥의 방책을 세 가지로 제시하였다. 즉 임금이 이기는 방도主勝之道, 군대가 이기는 모책兵勝之謀, 간신히 보전하는 계책僅保之計이 그것이다. 이 가운데 '주승지도', 즉

---

2)『광해군일기』10권, 즉위년 11월 무술.
3)『광해군일기』27권, 2년 윤3월 갑자.

중흥삼책소(中興三策疏, 『망우집』)

임금이 이기는 방도를 가장 상책이라고 하여 국왕이 무엇보다 덕을 쌓고 어진 정치를 베풀어야 한다고 주장하였다. 이렇게 해야 하늘도 돕고 백성도 이를 따름으로써 국운이 끝없이 뻗어나가며 외적의 침입도 손쉽게 물리칠 수 있다고 하였다. 그는 정치의 성패나 국가의 중흥 여부는 국왕에게 달려있다는 생각을 하였으며, 당시대를 국왕의 비상한, 특단의 조처가 있어야 하는 시기로 보았다.

신이 듣건대 간척干戚의 춤으로 평성平城의 포위를 풀 수 없으며 결승結繩의 정치로 어지러운 진秦나라를 다스릴 수 없다고 하였으니, 조용한 일상적인 정치로는 오늘의 위급한 형세를 구제하지 못할까 염려됩니다. 그러므로 반드시 비상하고 헤아릴 수 없는 은혜와 위엄을 사용해야만 조정에서 붕당을 짓는 근심을 제거할 수 있을 것이며, 탐욕스럽고 포악하며 침탈하는 폐단을 혁파할 수 있을 것이며, 대소 신료들이 마음을 같이하고 힘을 합하여 왕사에 소홀함이 없게 될 것이고, 따라서 남쪽의 왜구와 북쪽의 오랑캐도 걱정할 것이 없을 것입니다.[4]

그가 조정에 올린 국가 중흥에 관한 이 한 편의 소에 대해서는 "모책이 능하고 장엄하며, 인륜과 강상을 심었다"라는 평가가 따르기도 했다. 망우당의 상소문을 접한 광해군은 '흰 무지개가 태양을 꿰뚫는 충성을 지닌' 인물이라고 그를 칭찬하였고 그의 조언을 마음에 깊이 새기겠다고 약속하면서 그의 상경을 종용하는 비답을 내렸다.

광해군의 소명이 재차 이르자 마침내 그는 이해 여름 상경하였다. 그가 서울에 있는 동안 그를 보기 위해 어린아이와 군졸, 누구 할 것 없이 많은 사람이 몰려와 그의 숙소는 문전성시를 이루었다. 이로써 그가 당시 얼마나 저명 인사였는지, 또한 얼마나 민중의 열렬한 지지를 받았던 인물이었는지를 알 수 있다.

그가 상경한 이 달 6월에 호분위 부호군에 임명되고, 뒤이어 7월에 오위도총부 부총관, 8월에 한성부 좌윤에 임명되었으며, 곧이어 같은 달에 함경도관찰사 겸병마수군

---

4) 『망우집』 2권 中興三策疏.

진시폐소(陳時弊疏, 『망우집』)

절도사 겸함흥부사에 제수되었으나 이들 관직에는 나아가지 않았다. 대신에 상소로서 시국의 폐단을 거론하였다.[5]

그는 이 때 창경궁 복구 공사와 같은 대규모 토목 공사를 중단할 것과 은전의 사용을 중단할 것, 명나라 사신에 대한 접대를 그르친 역관과 원접사를 처벌할 것과 대동법을 널리 시행할 것을 주장하였다. 광해군은 그의 이러한 건의는 모두 의정부 대신들과 상의해 처리할 것이나, 다만 명나라 사신을 접대했던 신하에 대한 처벌만은 사정상 받아들이기 곤란하다고 비답하였다.

그는 국왕의 비답을 받고 명나라 사신을 접대한 역관과 원접사에 대한 징계 문제를 다시금 상소로서 제기하였다. 그가 이 문제를 무엇보다 중시했던 것은 명사 접견 문제와 관련해서 일국의 국왕이 되돌리킬 수 없는 수치를 당했다고 여겼기 때문이었다. 그가 서울에 머무르며 함경감사로 제수되었을 때, 광해군이 명의 사신이 머무는 곳에 나아가 연회를 청하였으나 명사가 끝내 이를 거절하는 사건이 발생하였다. 역관과 원접사의 청죄를

---

5) 『망우집』 2권 陳時弊疏.

주장한 그의 주장은 요컨대 다음과 같다. 즉 중국 사신이 연회에 응하려 하지 않는 사정 따위는 역관이 사전에 미리 탐지할 수 있는 일이고, 원접사 또한 역관을 통해 미리 알 수 있는 일인 데도, 이를 미리 알리지 않음으로써 일국의 국왕이 커다란 수모를 당하였다는 것이다.

그는 당시 명나라 사신을 접견하는 우리측 사신의 역관인 표정로表廷老라는 인물을 지목하여 그가 국왕의 명령을 무시하고 명나라 사신에게 청탁하여 역관 임무를 계속한 사실 등도 문제삼았다. 그는 표정로의 이같은 행위는 왕명을 거역하고 군주를 업신여긴 죄에 해당하는 행동이며, 이를 알고서도 묵인한 원접사 또한 중벌을 받아야한다는 것이었다. 나아가 그는 통사와 원접사의 죄를 명백히 알면서도 임금이 형벌을 시행하지 않고 있으며, 또한 대관과 간관조차 이 문제를 거론하지 않고 있다고 하였다. 그리하여, "신의 마음은 여러 신하들의 마음과 다르고, 신의 계책은 여러 신하들의 계책과는 다르며, 신의 말은 여러 신하들의 말과는 다르다"라고 하여 자신이 조정을 떠날 수 밖에 없다고 하였다.[6]

광해군은 망우당의 이러한 언동이 충성과 정직에서 말미암은 것으로 여겨 그의 귀관환향을 만류하여 관직에 복귀하도록 명하였다. 그러나 이후에도 통사와 원접사에

---

6) 『망우집』 2권 陳時弊請去疏.

대한 청죄를 주장하며 관직 복귀를 계속해서 거부하자 마침내 광해군은 그를 함경감사에서 면직하였다.

그러나 망우당의 상소로 야기된 역관 및 원접사에 대한 처벌 문제는 당시 커다란 파문을 일으켰다. 이 문제로 인하여 이 해 8월 대사간 홍경신洪慶臣, 사간 정립鄭岦, 헌납 정광성鄭廣成, 장령 윤중삼尹重三과 조즙趙濈, 지평 유희량柳希亮이 사직을 청하였고, 9월에는 좌찬성 박홍구가 죄를 청한 것을 위시해서 다음 달에는 집의 이성李惺, 장령 윤중삼과 홍명원洪命元, 지평 이현영李顯英과 홍방 등 일단의 사헌부, 사간원 관원이 줄줄이 사직을 청하기에 이르렀다.

그가 자신의 언론이 수용되지 아니함을 이유로 결연히 서울을 떠나자 광해군은 선전관을 충주까지 보내어 돌아올 것을 명령했으며, 또 관리를 가야까지 보내어 만류하기도 했다. 그러나 그는 신병을 이유로 끝내 나아가지 않고 대신에 소를 올려 당시의 시국을 비판하였다. 귀향 길에 그는 해인사 백련암에서 두어 달을 머물렀다. 그는 이로부터 세상 일은 그의 뜻대로 할 수 없는 것임을 알고 벼슬에 나아갈 뜻을 버렸다. 이 무렵 어떤 사람에게 답한 편지에서 "푸른 솔 바위 틈에서 배고프면 솔잎을 따먹고, 흰 구름 덮인 산 속에서 목마르면 샘물을 마신다(靑松巖畔 飢則餐葉 白雲堆裏 渴則飮泉)"라고 한 시구는 당시 널리 전송되기도 하였다.

이후 그는 줄곧 망우정에 머물렀다, 그가 다시 조정의 부름을 받게되기는 광해군 5년(1613) 4월 전라도 병사에 임명되면서였다. 이 때의 전라 병사 임명은 그 전 해 정인홍이 그의 등용을 청하였기 때문이었다. 그가 전라 병사에 임명되었을 때는 영창대군을 죽여야한다는 논의가 조정에서 일어나던 때이기도 하였다. 그는 소를 올려 전라 병사직을 다른 사람으로 교체하기를 요청하는 한편 영창대군을 죽여야한다는 당시 조정의 여론을 강력하게 비판하였다.

지난 날 역적 이진(임해군)은 스스로 반역의 짓을 하였기 때문에 신 역시 소를 올려 법에 따라 처리할 것을 청하였습니다. 그렇지만 지금 이의(영창대군)는 무슨 지각이 있기에 반역의 죄를 준단 말입니까. 온 조정의 사람들이 이의를 처벌하자고 떠들어대면서 전하를 불의에 빠뜨리고 있으므로 신은 감히 반열에 나가지 못하겠습니다.[7]

광해군은 망우당의 이 상소 내용이 알려지면 다른 의논이 생겨날까를 염려한 나머지 이를 불문에 부치고 영창대군을 민가로 내보내라는 명을 내렸다. 이로 말미암아 대신들도 영창대군에 대한 그 동안의 논의를 후회하였다.

---

7) 『망우집』 2권 救永昌大君疏.

망우당 임종과 관련된 기록
(『부사집』)

그 뒤 동계 정온鄭蘊에게서 비롯되는 영창대군에 대한 전은론도 그의 상소로 말미암은 것이라고 한다.[8]

이후 그는 망우정에서 지내다가 광해군 9년(1617) 4월 이 곳에서 세상을 떠났다. 그가 운명하는 시각에는 갑자기 번개가 치고 소낙비가 내렸으며 붉은 기운이 하늘을 치솟는 기이한 일이 있어 사람들이 모두 이상하게 여겼다.[9]

---

8) 『광해군일기』 67권, 5년 6월 무신.
9) 『浮査集』 5권 잡저 方丈山仙遊日記에 이러한 사실이 기록되어 있다.

14

괴오기위魁梧奇偉한 선비

　망우당의 죽음이 세상에 알려지자 온 국민이 모두 슬퍼하였다. 조정에서는 부의를 전하고 예조좌랑을 보내어 치제케 하였다. 또한 세자시강원 보덕 배대유裵大維에게 명하여 그의 전傳을 지어 춘추관에 보관케 하였다. 이 때 배대유가 지은 전의 찬贊을 옮기면 다음과 같다.

　오직 공이야말로 참으로 대장부가 아니겠는가. 왜란을 당해 충성을 다한 것은 의리이며, 그칠 줄을 알아 용감히 물러남은 지혜로움이로다. 적송자를 따라 놀던 한 때의 모습은 쇄락하고 광명하여 우주에 우뚝했도다. 생각하건대 하늘이 공에게 뛰어난 장수의 자질을 온전히 주어 이 나라를 부지토록 했던 것인가? 진실로 공을 중신의 자리에 있게 했더라면 나라의 안위를 떠맡을 사직신이 되었을 것이니, 문무를 온전히

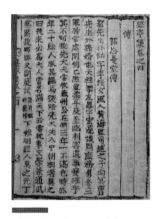

배대유의 곽망우전(『모정집』)

갖춘 천재요, 세상에서 뛰어난 큰 선비였도 다. 만일 공을 논하는 자가 공이 의병을 일으킨 행적만 보고 단지 무장으로만 안다면 어찌 공을 안다고 할 수 있겠는가? 어떤 이가 말하기를 남명 선생이 공을 택해 외손서로 삼았고 또 가르쳐 이끌었다고 한다. 아! 두 분은 명철함이 같아서 서로를 훤히 알았고, 기질이 같아서 서로를 찾았던 것인가? 남명 선생의 문하에서 공을 얻은 것이 또한 마땅치 아니한가?[1]

배대유의 전은 망우당 서거 후 그의 행적에 관한 최초의 공식적인 전기이다. 배대유는 영산 사람으로 정인홍의 문인이며, 정유재란 때 망우당이 화왕산성을 지킬 때 그의 휘하에서 장서기를 맡았던 적이 있기도 하였다.[2]

망우당 서거 후 이듬 해(1618)에는 유림에서 그를 추모하기 위해 현풍 가태리에 충현사忠賢祠라는 사당을 세워 이후 춘추로 제사를 지내었다. 이 충현사는 현종 15년(1674) 현풍현감 유천지가 규모를 확장하여 서원의 모습을 갖추게 되었고 이 때 존재 곽준郭䞭(1550~1597)의 위

---

1)『망우집』4권 부록 傳(裵大維撰).
2)『倡義錄』火旺入城同苦錄.

예연서원

패도 함께 봉안하였다. 곽준은 곽재우의 재종숙으로 정
유재란 때 안음현감으로 황석산성黃石山城을 지키던 중
가토(加藤淸正) 휘하의 왜군과 격전을 벌이다가 아들과
함께 순직했던 인물이다. 그 뒤 이 서원은 숙종 3년
(1677)에 당시 우의정이었던 미수 허목許穆의 건의로 예
연서원禮淵書院으로 사액되었다.

　허목은 예연서원의 사액에 있어서 뿐만 아니라 망우당
의 묘지명을 찬하고 망우당문집의 서문을 짓는 등 그를 현
양하는데 있어서 많은 힘을 쏟았다. 그는 무엇보다도 곽재
우를 '괴오기위魁梧奇偉'한 선비이면서 '명철보신明哲保身'
한 인물로 칭송하였다. 『망우집』 서문에서 허목은 망우당
에 대하여 다음과 같이 평하였다.

괴오기위魁梧奇偉한 선비, 그 행사는 기이하고 그 행적은 고
상한데도 난세에 화를 면하였나니, 옛 사람이 이르는 명
철보신한 분이란 바로 이런 분인가 하노라.[3]

'보신'이란 말은 오늘날 자신의 안전과 이익을 위해 머
리를 쓰는 좋지않은 의미로 쓰여지기도 하지만, 원래 '명
철보신'이란 명철한 사람이어야 일신을 잘 보존한다는
좋은 의미를 지닌다. 이 말은 《시경詩經》 대아大雅편의
증민烝民이란 시에 나오는 말로, 선악과 시비를 잘 분별
하여 위험에 빠지지않고 지혜롭게 처신하여 자신을 잘
보호한다는 뜻이다. 허목은 망우당이 당시 성대한 명성
에도 불구하고 위해를 당하지 않았던 것은 그가 명철했
던 때문으로 이해하였던 것이다.

허목은 곽재우를 한 마디로 괴오기위한 선비라고 하였
다. '괴오기위'란 외모가 걸출하거나 생각과 행동이 범상
치 않음을 일컫는 것이나, 원래 중국 한나라 때 인물인
장량의 사람됨을 묘사할 때 쓰던 말이다. 『한서漢書』, 장
량전張良傳 찬贊에 "장량의 지혜와 용기에 대한 소문을
듣고서 그 외모가 기오괴위할 것으로 생각했다(聞張良之
智勇 以爲其貌魁梧奇偉)"라는 말이 그것이다. 말하자면 허

---

3) 『망우집』 序, "魁梧奇偉之士 其事奇 其跡高 得免於亂世 古之所謂
明哲保身者 其在斯人歟 其在斯人也.

목 또한 곽재우를 직접 본 적은 없으나 그의 지혜와 용기, 행적으로 나타나는 인생 궤적이 장량과 비슷하다고 보았던 것이다.

허목초상

장량은 중국 한나라의 정치가이자, 건국 공신으로 자가 자방子房이라 흔히 장자방으로 널리 알려진 인물이다. 명문 집안 출신으로 소하蕭何, 한신韓信과 함께 한나라 건국의 3걸로 불리며, 유방劉邦으로부터 "군막에서 계책을 세워 천리 밖에서 벌어진 전쟁을 승리로 이끈 것이 장자방이다"라는 극찬을 받기도 하였다. 천하가 평정된 후 유후로 봉해져 공신이 되었으나 벼슬에 나아가지 않고 곡식을 먹지 않고 신선이 되는 방술을 배워서 공명을 보전하였다.

허목 보다도 뒷 시기에 이르러 눌은訥隱 이광정李光庭도 망우당에 대해서 그 행적이 '기위해서 범상치가 않다(奇偉不凡)'라고 하였다. 이광정은 망우당의 기위한 행적에 대해서 다음과 같이 말하였다.

바야흐로 기강에서 낚싯대를 잡고 있는 것은 그 행위가 지나치게 과단한 것 같았다. 전란이 아직 닥치지 않았는데 선영

망우정과 유허비

의 봉분을 깎아 평지로 만든 것은 그 행위가 괴이한 것 같았다. 필부로서 방백을 베려고 하였으니 사람들이 미친 사람이 아닌가 의심했다. 창을 던지고서 벽곡을 하였으니 사람들이 궤탄詭誕하다고 의심했다. (중략) 그러나 선생의 기이함은 아직 세상에 다 드러나지는 않았다. 홍의백마로 출몰하기 귀신과 같았으니 교활한 왜적들도 그를 헤아리지 못했다. 한 때는 대장 깃발 앞세우고, 다른 때는 산림처사의 관을 쓰고 홀연히 가고 옴에 그 어떤 위무도 선생의 지키는 바를 빼앗지 못했다. 충성스러운 건의며 올곧은 논의를 거리낌 없이 펴니 강직하고 꿋꿋한 대신들도 서로 돌아보았으며 임금도 그 과도함에 성내지 못했다. 세상에 나아가 벼슬할 적에는 우레 울리고 바람 몰아쳐 우주를 다투는 듯하다가 돌아와 자취를 끊기에 이르면 쓸쓸히 강가의 한 어부였다. 그리고 그 평소에 행하는 바를 보면 또한 확호하게 순유純儒의 조행이었다. 세상에서 누가 선생을 알 수 있으랴? 공자가 노자를 일컬어 용과 같다고 하였는데 선생과 같은 분이 아마도 그러하다고 해야 할 것이다.[4]

창암유허비명

곽재우를 향사하는 사우가 예연서원으로 사액된 뒤 숙종 19년(1693)에는 그의 증손 곽흔郭昕 등이 시호를 청하는 상소를 올려 국왕의 윤허를 얻었다. 그러나 시호를 내리기에는 관작이 맞지 않는다는 이유로 오랫동안 시행하지 못하다가 숙종 35년(1709)에 집의 이정신李正臣의 요청에 따라 증직과 증시가 이루어져, '자헌대부병조판서겸의금부사(資憲大夫兵曹判書兼義禁府事)'로 추증되고, '충익공忠翼公'의 시호가 내려졌다.

영조 7년(1731)에는 한음 이덕형의 후손인 현감 이우인李友仁이 그의 묘소를 참배하였다가 자손과 사림을 설득하여 묘의 봉분을 쌓도록 하였다. 망우당은 임종 때 "임진, 계사년의 왜란 때 두 왕릉이 무너지고 종묘가 화

---

4) 『망우집』4권 부록 滄巖遺墟碑銘.

신도비

재를 입게 되었으니, 신하된 자로서 어찌 묘의 봉분을 쌓을 수 있겠는가. 내가 죽거던 구덩이에 묻도록 하라"는 유언을 하여 자손들이 이를 어기지 못하다가 이 때에 이르러 비로소 봉분을 만들게 되었다.

영조 37년(1761)에는 예연서원의 앞에 신도비를 세웠다. 비문은 대제학 권유權愈가 지었다. 그는 곽재우를 "해동에서 태어났으나 천하의 선비가 되었다"라고 칭송하였다. 권유가 찬한 신도비의 명문銘文을 옮기면 다음과 같다.

공은 해동에서 태어났으나 천하의 선비가 되었네. 의리는 학문에서 체득하고 용기는 진리에서 배웠네. 시골에 숨어 살적에는 할 일이 없는 듯했으나, 시대의 어려움을 만나서 무궁한 지혜를 발휘했도다. 사람의 마음을 고동시키고 진작시켜 기개와 의지가 높이 빛났으며, 필부로서 높이 외쳐 나라의 간성이 되기를 바랐도다. 힘써 한 지방을 보존하여 명성이 온 나라에 퍼졌네. 과격한 논의는 미움을 받아, 관직에 있으면 비방과 중상이 무성하였네. 혹 일의 기미를 분변치 못한 적은 있으나 함정에 빠지거나 넘어지지 아니했으며, 공로를 특별히 드러내지 않았으니 누

신도비명

구도 공의 마음 씀씀이와 품은 포부를 따져볼 수 없었도다. 무인의 사상에서 우러난 큰 도량의 말씀은 세상 사람들이 함께 할 바가 아니었으며, 명리를 떨쳐버렸으나 생명에 위험이 닥쳐올 상소문을 쓰기도 했네. 큰 도적을 평정하여 자신의 뜻을 펼쳤으나, 세상 바깥에 노닐며 위대한 몸을 맡겼네. 세상에서는 대개 공의 무공만 흠복했을 뿐 학문에 뜻을 둔 것이 지극했음은 알지 못했도다.5)

이 밖에 망우당의 생전의 성품이나 인격, 용모나 풍채, 학문적 성취와 당시의 명망에 대해서는 그의 죽음을 애

---

5)『망우집』4권 부록 神道碑銘.

도하여 지은 지인들의 만사나 제문을 통해서 단편적인 사실을 살필 수 있다. 이를 알려주는 몇몇 인사의 글을 옮기면 다음과 같다.

타고난 기질은 본래 진실하고 순수했으며, 영걸스럽기는 짝할 사람이 적었습니다. 높은 재주는 일찍이 빼어났으니 큰 고기가 큰 도랑에서 놀만 하였습니다. 발을 헛디뎌 자주 넘어지기도 하여 몸을 낮추어 기를 펴지 못하였으니, 기린이 풀늪에 웅크린 듯, 준마가 모래 먼지 속에 엎드린 듯했습니다.

황하와 태악의 정기를 모아 태어난 수재, 영남 땅에 하늘이 낸 선비로다. 봉황의 깃이 붉은 굴속에서 나온 듯, 붕새의 날개가 푸른 구름 밖에서 나는 듯 하였으니 백대의 기이한 남자요, 삼한의 열렬한 대장부였도다. 문장은 여기로 익힌 것이요 충효가 바로 본령이었도다. 소매 속에는 풍운 진법의 계산이 들어 있었고 가슴속에는 경세제민의 모책이 들어있었네.

맑은 기운이 동쪽 하늘에 어리어 천하의 영웅인 이 분을 탄생시켰네. 활달한 기국과 도량은 원대하고, 호걸스럽고 우뚝함은 용모에 드러났네. 문장은 이 분의 말예에 해당하고 충효야말로 이 분의 본령이었다네.

이상은 차례로 외재畏齋 이후경李厚慶(1558~1630), 죽
헌竹軒 하성河惺(1571~1640), 생원 성이도成以道가 망우당
의 죽음을 애도하는 만사에서 그의 인물됨에 대하여 언
급한 것이다. 이를 통해서 볼 때, 그는 고결한 인품과 뛰
어난 자질, 비범한 용모와 풍채를 지닌 대장부였는가 하
면, 충효를 실천하고 절의를 행동으로 보인 큰 선비로 그
려지고 있다.

한편 생전에 그와 가까이 지냈던 여러 인사들의 만사
나 제문에서는 그의 벽곡 생활이나 망우정에서의 은거
생활에 대해서 언급한 경우가 많으며, 이 경우 그의 벽
곡 생활이 도가적 취향이나 신념에서가 아님을 한결같이
말하고 있다.

곡식 먹기를 거절함이 선술을 배우기 위함이 아니었으니, 명
철보신한 것이 누가 공과 같을 수 있겠는가. (만사, 성이도)

맑은 의지는 권병을 가벼이 여기시고, 충직한 논설은 임금님
의 뜻을 거슬렀도다. 곡식을 물리치심은 선도를 구함이 아니
며 근심을 잊고자함이 어찌 자신만을 깨끗하게 하려는 것이
었겠습니까. (만사, 배홍우)

그 마음은 언제나 사색에 잠겨 있음과 같았으며, 그 얼굴은
항상 근심에 젖어 있는 듯 했으니, 아! 그 참으로 세상을 잊

으신 분이었겠습니까? 그 참으로 신선되기를 배우고자 한 것이었겠습니까. (제문, 박민수)

한편 그의 인격과 인간적 면모는 『망우집』 부록에 수록된 '遺事'를 통해서도 엿볼 수 있는 바, 이를 알려주는 일부 내용을 옮겨보면 다음과 같다.

선생은 기국과 학식이 우뚝하고 활달하여 일찍이 가볍게 남과 더불어 사귀지 아니했다. 혹 의기와 취미가 서로 부합되면 자주 오가면서 특별히 관대한 우정을 나누었으며, 학문을 좋아하는 사람에 대해서는 성취할 수 있도록 격려하여 특별히 사랑하고 보호했으며, 사람을 대하고 사물을 접함에 있어서는 조금도 속과 겉이 다름이 없었다.

일찍이 고향의 자제들에게 말씀하시되 "자신을 다스리기를 마땅히 천길 벼랑 끝에 선 것처럼 근신해야 하며, 마음가짐은 마땅히 얼음의 맑음과 옥의 깨끗함과 같이 하라"고 하셨으며, 또 "'청정과욕淸淨寡慾' 네 글자는 자신을 위하고 남을 다스림의 최대 비결이다"라고 하셨다. 어떤 사람이 문하에 와서 배우기를 청하면 선생은 말씀하시되 "스승의 도리는 매우 중요한 것이니 내 어찌 감당할 수 있는 일이겠는가? 또 지금의 시대 정세가 송 나라 신종神宗 원풍 연간의 신법新法을 실시하던 시대와 같이 두려우니 여러분은 들은 바를 존

중하고 아는 바를 행함만 같지 못할 것이요"라고 하시고는 드디어 대문을 잠그고 손님을 맞이하지 않았다. 당시의 자제들은 그래도 배우러 온 사람에게는 가르쳐 달라고 아뢰었다. 그러나 선생은 말씀하시되 "그대들은 환훤당 김굉필 선생과 일두 정여창 선생의 화가 이런데서 싹튼 것을 보지 않았는가? 하물며 전시대의 이러한 현인들에게 미치지도 못하면서 내 어찌 감히 스승 노릇을 할 수 있겠는가"라고 하셨다.

망우당의 기위한 행적과 영웅적 면모는 당대 사람들보다 오히려 후대 사람들로부터 높이 회자되었다. 망우당 사후 90여 년이 지난 뒤 삼연三淵 김창흡金昌翕(1653~1722)은 망우당 유허지를 지나면서 곽재우의 영웅적 행적을 다음과 같이 묘사하였다.[6]

임진년에 왜적을 토벌한 의사는 많지만	壬辰討倭義士多
그 누가 홍의장군을 능가하리	紅衣將軍孰能過
장군은 처음 의령에서 일어나	將軍初自宜寧起
두려워 물러서는 자를 베자며 큰 칼을 뽑았네	
	請誅逗撓奮天戈
진을 치고 백마 타며 종횡무진 내달으니	登陣白馬以橫行
붉은 옷 보기만 하면 왜적들은 기겁했네	一見紅衣衆倭驚

6)『망우집』5권 부록 追感詩章 過遺墟作.

우물쭈물 모두 감히 싸우지를 못하다가 　逡巡不敢與交鋒

서로 가까이 접전하자 바람과 불길이 일었네

　　　　　　　　　　　及至相薄風火生

총탄이 비오듯 하여도 백마는 내달렸고 　炮丸雨落雪鬣騰

왜적이 쓸물처럼 물러감에 공의 옷자락 가벼웠네

　　　　　　　　　　　鐵甲潮退霞袍輕

장군의 전술은 참으로 귀신같았고 　將軍跳宕蓋有神

적 헤아려 세운 기책 특히나 뛰어났네 　料敵設奇又殊倫

공을 이루기는 쉬어도 처신하기는 어려운데

　　　　　　　　　　　成功則易處功難

칼을 잘 쓰면서 감추는 분은 바로 공이었네

　　　　　　　　　　　善刀而藏公其人

영웅은 자고로 원만한 이가 적었으니 　英雄自古小圓通

옛적에는 장량이고 그 후로는 공이였네 　前有張良後有公

한신과 팽월 처참히 죽고 도제도 죽임을 당하였으니

　　　　　　　　　　　韓彭薤醢道濟壞

새를 다 잡았으니 어찌 활을 감추지 않겠는가

　　　　　　　　　　　鳥盡何嘗不藏弓

의령에다 됫박같은 작은 집을 지어 　宜寧小築室如斗

풍운을 거두어 모아 가슴 속에 되돌렸네

　　　　　　　　　　　收召風雲返胸中

싸움터에서 쓰던 창과 갑옷에 이끼가 돋아나고

　　　　　　　　　　　綠沈金鎖委苺苔

전쟁을 치른 강과 산에 누정이 둘러있네

剩水殘山遶亭臺

한 줌 송화 가루와 낚시 배 한 척 半囊松花一釣船

생활 계책 세움이 어찌 이리 쓸쓸하였나 贊劃活計何蕭然

낚싯대 잡았으나 강태공의 낚시는 아니었고

持竿不是太公釣

솔잎을 먹었으나 어찌 적송자를 사모했으랴

食松寧慕赤松仙

당시 사람 공의 깊은 뜻 헤아리지 못했으나

當時人未測淵深

뒷날 사람 때때로 그 마음을 알게 되네 後來往往見其心

홍의장군에 대해 노래 지어 부를만 하여 紅衣將軍可作歌

계셨던 자리에 말을 세우고 길게 읊노라 立馬遺墟一長吟

15

문집과 전기의 간행

　현전하는 망우당 문집으로는 초간본과 중간본의 2종
간본이 있는 것으로 알려져 있다. 이 가운데 초간본으로
알려진 것은 사위인 성이도가 망우당 사후 유고를 수습하
여 편집 간행한 것으로 이해되고 있다. 망우당기념사업회
에서 편한 『망우당전서』의 해제를 쓴 고 이수건 교수는
『망우집』 초간본의 간행 경위를 다음과 같이 설명하였다.

　선생의 몰후 유고 수습은 주로 자·서 및 내·외손들에 의해
이루어졌으며, 특히 사위 성이도에 의해 『망우당집』 초간본
이 편집 간행되었다. 이는 서·발문과 편집·간행에 관한 기
록이 전혀 없어 간행 시기를 정확히 알 수 없으나 문집 내용
을 분석해 볼 때 광해말에 시작하여 인조초에 목판본으로 발
간된 것 같다. (중략) 인조 7년에 찬한 곽유(선생의 질)의 발

문과 동왕 14년에 찬한 조임도의「연보 발문」이 현존 초간본에 실려있지 않은 것을 보면 초간본은 인조 7년 이전에 간행된 것이라 사료되나 개간지는 알 수 없으며 그 책판도 현전하지 않는다.[1]

이처럼 망우집 초간본이 망우당의 사위인 성이도에 의해 편간되었다거나, 그 간행 시기를 인조 7년(1629) 이전이라고 하는 것은『망우집』중간본의 발문에서 추정된 것이다. 관련 기록을 옮기면 다음과 같다.

생원 성이도가 일찍이 이 문집을 찬수하였으나 소략하고 착오된 곳이 파다하여(頗多疎錯) 내가 이를 심히 한스럽게 여겼다. 아우 융澄과 함께 다시 그 전말을 찾고 비교 고증하여 편질을 정하고 미비한 것을 증보하였으며, 그리고서 전해오던 글들을 책머리에 싣고 제문과 만사를 책의 끝에 붙였다.[2]

이 발문은 망우당의 조카 곽유郭瀏가 인조 7년(1629)에 지은 것이다. 이를 통하여『망우집』은 처음 망우당의 사위인 성이도에 의해 간행이 이루어졌다는 사실을 확인할 수가 있고, 성이도가 편간한 망우당 문집이 내용이 소략

---

1) 이수건,「해제」(『망우당전서』所收).
2)『망우집』卷尾 跋

하고 착오된 곳이 많아 곽유 형
제에 의해 『망우집』의 증보 개
간 작업이 추진되었었던 사실
도 알 수 있다. 이 발문의 작성
연대가 인조 7년(1629)으로 나
타나므로 성이도가 『망우집』을
간행한 시기는 적어도 이 보다

『망우집』 초기 간본의 연보

앞선 어느 시점이었음이 분명하다.

　그런데 오늘날 『망우집』 초간본으로 알려져 있는 간본
은 성이도가 처음 간행할 당시의 간본은 아닌 것으로 보
인다. 성이도가 간행한 『망우집』 초간본이라면 연보의 만
력 6년 무인(1578) 기사의 세주에 보이는, "통신사 김세
겸金世謙이 돌아와 말하기를 일본 국사에도 선생의 사적
이 수록되어 있었다"라는 기록이 문제가 되기 때문이
다.[3] 김세겸은 인조 15(1637)년에 통신부사로 일본에
서 돌아왔다는 사실이 『인조실록』에서 확인되므로[4] 지
금까지 『망우집』 초간본으로 알려져 오는 이 간본은 적어
도 1637년 이후에 간행된 것임이 분명하고 따라서 성이
도가 간행한 초간본은 아닌 것이다.

　따라서 오늘날 초간본으로 알려진 『망우집』은 처음 성

---

3) 『망우집』 卷首 年譜.
4) 『인조실록』 34권, 15년 3월 무신.

이도에 의해 간행된 문집에 어떤 문제가 있어 1637년 이후 어느 시점에서 개간된 것으로 일단 추정할 수 밖에 없다. 이는 위 곽유의 발문에 나타나듯이, 성이도가 간행한 문집이 소략하고 착오된 곳이 파다하다는 문제점이 제기되었던 때문이며, 그리하여 이후 어느 시점에 『망우집』은 부분적인 개간 작업이 이루어졌던 것 같으며, 그것이 오늘날까지 전해지면서 초간본으로 잘못 알려지게 된 것이라 하겠다.

한편 이 때의 개간본, 즉 오늘날 『망우집』 초간본으로 알려져 있는 간본은 곽유의 발문이 없는 것으로 보아 곽유 형제에 의해 개간된 문집도 아니다.[5] 곽유 형제에 의해 추진된 개간 작업은 중간본에 수록된 발문으로 보아, 개간 준비 작업이 거의 완료 단계에까지 이르렀던 것으로 보이나 어떤 까닭에서인지 판각 작업까지는 가지 못하였던 것 같다. 이는 『망우집』 중간본을 간행할 당시에 쓰여진 김사혼金思渾의 발문 가운데 다음과 같은 언급에서 유추된다.

선생의 후손인 진남鎭南씨가 (중략) 소매 속에서 유고 한 권

---

5) 오늘날 초간본 망우집으로 알려져 있는 간본에 대해서 이재호, 「解題」, 『國譯 忘憂先生文集』, 集文堂, 2002에서는 망우당의 사위 성이도가 수집, 편차한 것을 인조 7년(1629)에 망우당의 조카 곽류·곽용 등이 증보 재편한 것이라 하였다.

과 아직 간행하지 않은 책자 몇 편을 꺼내어 나에게 말하기를, "이것이 바로 망우당 본집인데 당시 간행할 때 공이 지은 글이 실로 많이 빠졌습니다. 그 뒤 자손들이 비록 약간 보충 수집하였으나 시문을 모두 수집하지 못하고 문집의 차서를 다 바로잡지 못한 것을 탄식해 왔습니다. 그래서 내가 이를 한스럽게 여겨 후손의 궤짝과 고가의 장서에서 널리 수집하여 합쳐서 한 권을 만들고, 또 선생의 행적이 조야朝野의 사적, 명신록名臣錄, 여러 문집 등에서 뒤섞여 나온 것을 수집하여 그 사이에 연결하였습니다. 이에 연보는 책머리에 싣고, 조정에서 포숭褒崇한 문자와 여러 현인들이 찬탄한 사장詞章을 합하여 책의 끝 부분에 부쳐 세 책으로 만들어 교정 중간重刊해서 세상에 전하려고 합니다."[6]

망우당의 후손 권진남이 김사혼을 찾아와 발문을 부탁하면서 소매 속에서 꺼내보인 '유고 한 권'이라고 하는 것이나, 이를 '망우당 본집'이라고 하는 것이 성이도가 간행한 초간본인지, 아니면 오늘날 『망우집』 초간본으로 전해오는 다른 간본인지 분명하지는 않다. 권진남은 이 유고에 대해서 "당시 간행할 때 공이 지은 글이 많이 빠졌다"는 설명에 뒤이어 "그 뒤 자손들이 약간 보충 수집하였으나 시문을 모두 수집하지 못하고 문집의 차례를 다 바

---

6) 『망우집』, 卷尾, 跋.

로잡지 못하였다"는 그간의 사정을 부연 설명하고 있다. 여기서 보아 곽유 형제의 『망우집』 개간 작업은 성이도가 간행한 초간본에 비해 약간의 보충 수집이 이루어지기는 하였으나, 이 또한 시문의 수습이 불충분하고 편집의 차서에도 문제가 있어 간행이 중단되었던 것으로 보인다.

요컨대 오늘날 『망우집』 초간본으로 알려져 있는 간본은 처음 성이도에 의해 간행될 당시의 간본도 아니고 곽유 형제에 의해 개간된 것도 아니다. 처음 성이도에 의해 간행된 『망우집』은 간행 직후 곧바로 곽씨 문중에서 이를 불만스럽게 여겨 곽유 형제에 의해 개간 작업이 추진되어 발문을 남기는 단계까지 이르렀으나 이 또한 문제가 있어 간행이 보류되었다고 볼 것이다.

『망우집』 중간본은 영조 47년(1771) 선생의 6세손 곽진남이 서원 유생, 후손들과 함께 주선하여 그동안 편집 보완해 놓은 유고에 현풍현감 김사혼의 발문을 받아 예연서원에서 간행한 것이다. 이렇게 중간된 문집은 그후 부분적인 보판을 거치면서 전체 내용은 동일하나 책판을 인쇄하거나 편책하는 과정에서 권수卷首와 권말卷末 부분을 배열하는 위치에 따라 상이한 이본이 있게 되었고, 또한 문집 5권과 서·발 및 유묵을 합쳐 3책 또는 4책으로 편책함에 따라 현존 중간본에는 5권 3책과 5권 4책의 이본이 있게 되었다.[7]

주지하듯이 망우당이 생애를 마감한 광해조와 그의 사

후 문집 편찬이 처음 이루어지는 인조 연간은 시대의 분위기가 판연히 달랐다. 이러한 시대적 환경은 망우당 문집의 간행이나 그의 행적을 정리하는 연보의 찬정에 심각한 고려 요인이 되었을 것으로 본다. 망우당은 임란 전만 하더라도 의령에 살던 유학幼學 신분의 일개 유생에 불과하였으나, 왜란이 발발하자 가장 먼저 의병을 일으켜 조정에 알려지고, 뒤이어 경상감사 김수의 처단을 주장하는 격문을 돌리면서 조정의 주목을 받았다. 격서 사건은 조정으로부터 포상과 관직의 제수로 미봉되긴 하였지만 난후 문제가 재연될 소지가 있는 사건이었고, 난중·난후 잦은 관직 사피辭避와 소명召命에 대한 불응, 유배 생활 뒤의 벽곡 생활, 국정과 관련된 과격한 정치적 언동은 그의 사후 문제의 불씨를 남기는 것이었다. 이 때문에 망우당 사후 간행된 문집이나 여기에 수록된 연보는 곽재우라는 인물을 '현양'하는 것 못지 않게 그의 생애에서 문제가 될 수 있는 행적의 사실 관계를 '해명'하는 것이 중요했을 것으로 본다. 성이도가 간행했던 초간본이 현전하지 않고 간행 배경을 알 수 없는 간본만이 전해오다가 영조 연간에 이르러 비로소 『망우집』 중간본이 간행되는 것도 이 때문으로 보인다. 그러나 자세한 사정

7) 이수건, 「망우당문집의 편간경위와 관계 자료의 성격」, 망우당곽재우연구(1), 곽망우당기념사업회, 1988.

은 알 길이 없다.

한편 오늘날 곽재우가 '홍의장군 곽재우', '의병대장 곽재우', '망우당 선생'으로 세칭되는 역사적 인물로 뚜렷이 자리잡게 된 데에는 '곽망우당기념사업회'의 활동에 힘입은 바가 크다. 곽망우당기념사업회는 '홍의장군 곽망우당의 위공충절을 기리고 사모하여 그를 기념하기 위한' 사업을 추진하기 위해 설립된 것으로 1955년 3월에 창립되었다. 기념사업회는 구체적인 사업 내용으로 망우당의 신도비·전첩비·창의비 등의 건립과 사적, 전기의 간행을 추진하였고, 그 결과 『홍의장군곽망우당』, 『홍의장군』, 『망우당전서』와 같은 전기·전서류의 책자가 간행되었다.

1959년 기념사업회에서 간행한 『홍의장군곽망우당』은 본문과 부록, 참고문헌을 합쳐 전체 253쪽의 책자로, 망우당의 생애를 수양편, 충의편, 만절편, 방명편의 4장으로 나누어 기술하였다. 권두에는 이승만 박사가 쓴 '충현忠賢'이란 글씨와 이병도의 서문에 이어 기념사업회의 간행사, 기념사업회의 창립취지서가 차례로 수록되어 있다.

간행사에 의하면, 본서의 간행에 이르기까지 자료를 수집·정리하고 편집·번역하는 일에 수년이 걸렸다고 하며, 이러한 작업은 주로 성낙훈成樂薰, 곽종원郭鍾元 양씨에 의해 이루어진 것으로 나타난다. 이 책에 대해 이병도는 서문에 "수집이 해비該備하고 서술이 정상精詳하여 당일의 선생을 친히 우르러 뵙는듯 하다"라고 하여 자료의 수집과 정리 및 서술이 충실한 것으로 평가하였다.

이병도 박사로부터 '해비한 수집과 상정한 서술'을 갖추었다고 평가받고는 있으나 오늘날의 관점에서 보면 이 책의 내용은 망우당의 생애와 의병 사적을 학문적, 실증적으로 접근한 것이라기 보다는 서술 체제나 내용이 '위인전' 혹은 '영웅전'의 성격을 다분히 지닌 것이라 할 수 있다. 당시에는 본문 서술에 있어서 곽재우에 대한 경칭을 '선생'으로 해야할지, 아니면 '장군'으로 해야할지가 중요한 문제가 되어, "지금 이 책에서는 임진왜란이 날 때까지의 망우당은 선생으로 부르고 난중의 망우당은 장군이라 부르고 만년의 망우당은 다시 선생으로 부르기로 했다"[8]라는 입장으로 절충하기도 하였다.

『홍의장군곽망우당』을 간행한 이후 기념사업회에서는 1972년 또 한 차례 전기를 간행하였다. 이선근李瑄根, 신석호申奭鎬의 공저로 책제를 『홍의장군紅衣將軍』이라고 한 이 책은 『홍의장군곽망우당』이 주로 망우당 문집 가운데 있는 문장을 번역한 내용으로 이루어져 있고, 사건과 사건의 관련이 잘 지어져 있지 않으며, 연대도 틀린 것이 있고 사실과 다른 내용도 기재되어 있는 등의 문제가 있음을 지적하고, 이 책에서는 『선조실록』과 『광해군일

---

8) 『紅衣將軍郭忘憂堂』, 修養篇, 文武儒仙.

기』및『망우당문집』을 주요 자료로 삼고, 김성일의『학봉
집』, 유성룡의『징비록』, 오희문의『쇄미록』조경남의『난
중잡록』이순신의『난중일기』, 방동량의『기제사초』등 임
란 당시의 기록을 참고하여 비교적 사실을 토대로 기록
하였음을 밝히고 있다.

『홍의장군』은『홍의장군곽망우당』과는 달리 편의 구분
없이 전체 23장으로 구성되어 있으며, 각 장의 제목이나
서술 내용에서도 위인전의 성격이 지양되어 비교적 근대
적 서술 체계와 내용을 갖추었다고 할 수 있다. 본문 서
술에 있어서 곽재우에 대한 경칭이 본서에서는 '장군'으
로 통일되어 나타나는 데, 이에 대해서는 다음과 같은 언
급이 머리말에 보인다.

　　장군의 업적 가운데 가장 뛰어난 것이 의병을 일으킨 것이오,
　　의병대장으로서 세상에 널리 알려져 있을 뿐 아니라, 장군 자
　　신도 홍의장군이라 하고, 왜적도 또한 하늘에서 내려온 천강
　　홍의장군이라 하였으니, 장군의 경칭은 당연히 장군이라야 한
　　다. 만일 장군에게 의병을 일으킨 업적이 없었다면 오늘날
　　누가 이와 같은 거창한 기념사업을 일으킬 것인가?9)

『홍의장군』은『망우당 문집』이외의 여러 기록을 참고

---

9)『홍의장군』, 9쪽.

하여 앞서 간행된 전기가 지닌 내용상의 문제, 즉 사건과 사건의 관련, 연대와 사실 관계의 오류를 바로 잡아 비교적 많은 전거를 토대로 망우당의 생애를 객관적으로 기술하려 하였다. 본서 또한 곽재우의 위인상을 다른 각도에서 부각시키고자 한 위인전의 성격을 지닌 것이기는 하나, 서술의 방향에 있어서『홍의장군곽망우당』이 '위인 곽재우의 생애'에 초점을 맞추어 기술한 전기라면, 본서는 '곽재우의 공적'에 초점을 맞추어 기술한 전기라는 차이를 보인다. 즉 전자가 곽재우의 인물됨의 비범성, 초인성을 부각하고자 하는 의도가 잘 드러나는 반면에, 후자는 곽재우의 임란 의병 활동에서 드러난 중요한 공적과 그 의미를 객관적으로 부각시키려 하였다. 이 책은 결론적으로 곽재우의 공적에 대하여 1 수전에서의 이순신과 맞먹는 공적, 2 위대한 전술의 발견, 3 상승불패常勝不敗의 기록, 4 전사에 빛나는 게릴라전 등의 몇 가지로 제시하였다.

1959년과 1972년의 전기에 이어 기념사업회에서는 1987년에『망우당전서』를 발간하였다. 이 책은 망우당 곽재우의 시문과 세계, 연보, 용사별록 기타 부록을 수록한 기존의『망우당집』중간본을 영인 수록하고, 여러 문헌에서 광범하게 발초한 망우당 관계 자료를 활자화하여 합편한 책자이다. 본서에 수록된 자료의 수집과 발초, 정리는 본 전서의 해제를 쓴 이수근 교수의 책임하에 수행되었다. 해제의 내용 중에는 본서에 수록된 자료와 관련된 설명과 함께 망우당의 의병 사적과 관련하여 의병 활동의 사회적 기반, 군사 작전의 의의와 성격, 망우당의 사상과 학문에 걸쳐 다각도의 측면에서 종합적 해설이 보인다.

그 대략을 정리하면, 창의 배경과 관련해서 망우당의 인물됨에 대해서는 민중과 생활, 의식, 기분이 연결되는 성격의 소유자로서 지방 민중의 전폭적인 지지를 얻었다는 점을 들었다. 군사 작전의 성격으로는 호남 진입의 차단, 적의 보급로 차절, 군수물자의 탈취 등으로 적의 전선 활동을 견제했다는 점을 중시했다. 망우당의 가계와 관련해서는 영남사림파의 전통을 강하게 지닌 가문으로 16세기를 가문의 전성기로 하며, 부계는 현풍 솔례를 중심으로 창녕, 영산, 고령, 합천, 초계, 의령, 삼가, 단성 등 낙동강을 좌우로 한 재지사족들과 중첩적인 혼인 관계를 형성하였으며, 처가 상산김씨는 산청의 강력한 재지세력으로 당대의 명사인 김우옹과 동서라는 점을 적시한 점을 들었다.

한편, 이러한 창의 배경과 전후 행적을 이해하기 위해서는 경상하도라는 지역성과 남명학파라는 학문적 사상적 특징을 염두에 두어야 한다는 점을 들었다. 그의 학문과 사상의 경향은 남명의 영향을 받아 시문은 완물상지玩物喪志할 염려가 있다고 하여 평소 짓기를 좋아하지

않았으며 문체는 문文 보다는 질質을 중시하였고, 사변
적이고 수사적인 저술 보다는 실천궁행을 중시하여 시문
에 비해 소차疏箚와 장계狀啓가 큰 비중을 차지한다고 하
였다.

연 보

52(명종 7)년 1세
8월 28일 외가인 의령현 세간리에서 출생.

1554(명종 9)년 3세
모친 강씨 서거.

1559(명종 14)년 8세
부친이 지은 용연정에서 형제들과 함께 글 공부.

1565(명종 20)년 14세
계부에게 『춘추』에 대한 가르침을 청함.

1566(명종 21)년 15세
의령 자굴산 보리사에서 독서. 제자백가의 글을 널리 통달함.

1567(명종 22)년 16세

상산 김씨를 부인으로 맞이함.

1570(선조 3)년 19세

학문하는 여가에 사어서수射御書數를 익히고 무경武經과 병
서에도 두루 통함.

1574(선조 7)년 23세

부친이 의주목사에 제수되어 부친을 따라 의주에서 생활.

1578(선조 11)년 27세

부친이 사신으로 북경에 갈 때 배행함. 그 곳에서 관상을 보
는 자가 "뒤에 반드시 큰 인물이 되어 명성이 천하에 가득 찰
것이다"라고 하였음.

1585(선조 18)년 34세

정시庭試에 입격하여 전시殿試에 직부했으나 급제하지는 못
함. 이에 앞서 대소 과거의 해액解額에 몇 차례 오름.

1586(선조 19)년 35세

부친의 상을 당함. 여묘 생활.

1589(선조 22)년 38세

탈상후 의령현 동쪽 기강 가에 돈지강사를 지어 이곳에 은
거. 과업科業을 중단.

1592(선조 25)년 41세

4월 14일 왜란이 발발. 4월 22일 의령 세간리에서 창의 기병
한 후 정암진과 낙동강을 근거로 의병 활동을 전개함. 7월,
감사 김수의 죄목을 들어 격문을 보내고 인근 고을에도 통문
하여 김수 휘하의 관군과 한 때 충돌 직전까지 이름. 초유사
김성일의 중재로 수습됨. 유곡찰방, 형조정랑에 제수되고 절
충장군에 승진. 기강 전투, 정암진 전투, 창녕·현풍·영산 전
투에서 커다란 승리를 거둠.

1593(선조 26)년 42세

5월 김성일의 상에 조곡함. 명나라 총병 유정이 성주 팔거현
에 진주하자 왕래. 6월 24일 부인 김씨 졸함. 12월 성주목사
에 제수.

1594(선조 27)년 43세

악견산성 수축. 충용장군 김덕령과 서신 교환. 성주목사에서
물러나 조방장으로서 산성 방비에 진력함.

1595(선조 28)년 44세

봄에 진주목사에 부임. 벼슬에서 물러날 뜻을 보였으나 감사 서성의 만류로 일시 유보하였다가 가을에 벼슬을 버리고 귀향함.

1597(선조 30)년 46세

방어사로서 현풍 석문산성을 신축하던 중 체찰사 이원익이 명나라 군대와 합세하여 왜군과 일전을 벌이려 하자 이를 반대하여 중지케 함. 8월에 정유재란을 맞아 창녕의 화왕산성을 지킴. 8월 29일 모친상을 당하여 강원도 울진에 피난. 여러 차례 기복하라는 유지를 받았으나 사피함.

1599(선조 32)년 48세

9월 10일 경상좌도병사에 제수. 11월에 울산의 도산성을 수축할 것을 조정에 청함.

1600(선조 33)년 49세

벼슬에서 물러나는 뜻을 상소로 진달하고 귀향. 체임의 명을 기다리지 않고 임지를 떠난 죄로 대간의 탄핵을 받아 영암에 부처.

1602(선조 35)년 51세

유배지에서 풀려나 비슬산에 들어가 벽곡 생활을 함. 영산현 낙동강변에 창암강사를 짓고 망우정이라 편액.

1604(선조 37)년 53세

봄에 찰리사의 명을 받고 성지城地의 형세를 순심함. 5월과
8월에 선산부사와 안동부사에 제수되었으나 나아가지 않음.
10월에 부호군, 11월에 상호군에 승진.

1605(선조 38)년 54세

찰리사, 충무위 사정, 동지중추부사에 제수. 3월에 국왕의
부름으로 상경, 한성부 우윤에 옮김. 8월에 인동현감에 제수
되었으나 나아가지 않음.

1607(선조 40)년 56세

정월 27일 한강 정구, 여헌 장현광 등과 함께 용화산(龍華産)
아래 낙동강에서 뱃놀이를 함.

1608(선조 41)년 57세

광해군 즉위. 7월 경상좌도병사에 제수되었으나 나아가지 않
음. 상소로서 임해군의 처단과 전은론全恩論의 잘못을 거론함.

1609(광해군 1)년 58세

정월과 3월에 경상우병사와 삼도통제사에 제수되었으나 나
아가지 않음. 7월에 부호군에 제수됨.

1610(광해군 2)년 59세

7월에 대호군 겸 오위도총부 부총관에 제수, 8월 한성부 좌
윤에 이어 함경도 감사에 전임되어, 역관과 원접사 등의 잘
못에 대해 상소로서 극론함. 9월에 시폐를 논한 상소를 한 뒤
환향.

1613(광해군 5)년 62세

봄에 비슬산 적조암에 들어감. 4월 17일 전라병사에 제수되
었으나 나아가지 않음. 6월 26일에 영창대군을 신원하기 위
한 소를 올림.

1617(광해군 9)년 66세

3월 발병. 4월 10일 강사에서 서거. 8월에 현풍현 구지산 신
당의 선산에 안장.

1618(광해군 10)년

사림이 현풍현 가태리에 충현사忠賢祠를 세우고 위판을
봉안.

1674(현종 15)년

현풍현감 유천지의 주선으로 옛 사당 터에 서원을 창건하고
7월 25일 존재 곽준의 위판과 함께 연향함.

1677(숙종 3)년

미수 허목의 건의로 서원에 예연이란 편액이 내림.

1709(숙종 35)년

사림에 의해 증직, 증시 운동이 추진되어 병조판서에 추증되
고 충익이란 시호가 내림.

1771(영조 47)년

『망우당문집』 중간본(목판본)을 예연서원에서 간행.

■ 김해영

서울대학교 서양사학과 졸업
한국학중앙연구원 한국학대학원 석박사과정 졸업
현재 경상대학교 역사교육과 교수

망우당 곽재우

인   쇄 2012년 12월 25일 초판 인쇄
발   행 2012년 12월 30일 초판 발행
글 쓴 이   김해영
발 행 인   한정희
발 행 처   경인문화사
등록번호   제10-18호(1973년 11월 8일)
주   소 서울시 마포구 마포동 324-3 경인빌딩
대표전화   02-718-4831~2 · 팩 스   02-703-9711
홈페이지   http://kyungin.mkstudy.com
이 메 일   kyunginp@chol.com

ISBN 978-89-499-0919-6 03810
값 11,000원